Erich Ballinger

Vampire auf Schloss Zahnfleisch

Ueberreuter

Die Deutsche Bibliothek – CIP-Einheitsaufnahme

Ballinger, Erich:
Vampire auf Schloss Zahnfleisch / Erich Ballinger. –
Wien : Ueberreuter, 1998
ISBN 3-8000-2547-7

J 2294/1

Umschlag und Illustration vom Autor

Printed in Austria
1 3 5 7 6 4 2

INHALT

Das erste Kapitel heißt

„EINE FLEDERMAUS LECKT SICH DIE LIPPEN",

obwohl es ebenso gut „EIN WERWOLF FLETSCHT DIE ZÄHNE" oder ganz schlicht „SCHLOSS ZAHNFLEISCH UND UMGEBUNG" heißen könnte. Doch es heißt nun mal so, wie es heißt.

In diesem Kapitel werden die handelnden Personen vorgestellt nebst all den Zutaten, ohne die eine schaurige Vampirstory nicht auskommt: eine schwarze Kutsche, ein nächtliches Gewitter, eine geheimnisvolle Tasche, ein Knoblauchstängel, ein baufälliges Schloss, eine Bratpfanne ... Auf den üblichen Vollmond musste wegen des Gewitters verzichtet werden, doch der kommt dann in einem späteren Kapitel.

Im hintersten Winkel Transsylvaniens war es Nacht und es herrschte ein Wetter, bei dem man keinen Hund, keinen Wolf, ja nicht einmal einen Werwolf aus dem Haus jagen würde. Der Sturm ließ Bäume ächzen und krachen und peitschte die herabstürzenden Wassermassen vor sich her. Donner grollte und zuckende Blitze erleuchteten die trostlose Hochebene.

Eine Kutsche mühte sich durch das Unwetter. Die beiden Zuggäule ließen die Köpfe hängen und stolperten müde die Straße entlang. Bei jedem Schlagloch – und die Straße bestand nur aus Schlaglöchern – wankte und schaukelte die Kutsche und drohte umzukippen. Der Mann auf dem Kutschbock hatte den Kragen seines Mantels aufgestellt, die Melone tief in die Stirn gedrückt und schlief. Zwar floss das Wasser von der Hutkrempe in den Kragen und rann aus den Ärmeln und Hosenbeinen wieder ab – doch dies störte den Schläfer nicht. Er schnarchte sogar leise. Nur von Zeit zu Zeit, wenn ein Donnerschlag besonders laut oder ein Schlagloch besonders tief war, schrak er hoch, sagte „Hü hott!“ und schlief dann gleich wieder ein.

Die Reisenden im Inneren der Kutsche schliefen nicht. Sie hatten Mühe sich einigermaßen auf ihren Sitzen zu halten. Es erging ihnen wie Milch, aus der Milkshake gemacht wird.

Eine der Reisenden war Franziska, eine junge Dame aus gutem Haus. Franziska sagte: „Papa, ich glaube, mir wird gleich kotzübel.“

„Mon Dieu!“, sagte eine etwas ältere Dame neben Franziska. „*Kotzübel* darf man doch nicht sagen, ma chére! Das schickt sich einfach nicht.“

Die Dame war Franziskas Gouvernante. Gouvernanten müssen so sein. Sie werden heranwachsenden Mädchen zur Seite gestellt, um ihnen Manieren beizubringen, sie im Klavierspiel und in Fremdsprachen zu unterweisen und sie von Ungezogenheiten wie Radfahren oder Verliebtsein abzuhalten. Mademoiselle Chicbinié spielte nicht gerne den Anstandswauwau, sie spielte eigentlich viel lieber Tennis.

„Aber Mademoiselle“, sagte Franziska, „was soll ich denn sonst sagen, wenn's mir zum Kotz ...“

RUMMMS! – Das linke Hinterrad der Kutsche rumpelte in ein gewaltiges Schlagloch. Franziska wurde gegen ihre Gouvernante geschleudert und quetschte die Ärmste gegen die Seitenwand der Kutsche, dass sich die Bretter bogen.

„Verzeihung!“, sagte Franziska.

„Keine Ursache“, ächzte die Gouvernante. „Wohlerzogene junge Damen“, sagte sie dann, „sind entweder *unpässlich* oder *indisponiert*. Recht schicklich ist es auch, mit versagender Stimme ein *Oh!* zu hauchen und in eine elegante Ohnmacht zu sinken. Unter keinen Umständen jedoch darf man *kotz ...*“

RUMMMS! – Jetzt war es das rechte Hinterrad, das in ein tiefes Schlagloch polterte. Die Gouvernante landete auf Franziska und schubste sie hart gegen die Türe der Kutsche. Die war zum Glück verriegelt.

„Pardón!“, sagte die Gouvernante.

„Keine Ursache“, stöhnte Franziska.

Kurz danach sagte Mademoiselle Chicbinié mit halblauter Stimme zu sich selbst: „Sacrebleu, ich glaube, nun wird mir gleich kotzübel!“

Den Damen gegenüber saß Franziskas Papa, Herr Wilhelm Blünzli, Fleisch- und Wurstwarenfabrikant. Ihm konnten die Schlaglöcher nicht viel anhaben, denn er war ein Mann von gewaltiger Masse. Bei Schlaglöchern schwabberte lediglich sein Doppelkinn, sein Bauch hüpfte elastisch auf und ab und die goldene Uhrkette, die den Bauch zierte, schepperte. Selbst ärgste Straßenkrater konnten seine hundertfünfzehn Kilo Lebendgewicht nicht ausheben.

Herr Blünzli sagte: „Wenn die Damen mit dem Kotzen – Verzeihung – mit der Unpässlichkeit noch etwas warten würden – bis zur nächsten Station kann es nicht mehr weit sein.“

Er zog seine Uhr, schüttelte missbilligend den Kopf und brummte ärgerlich, dass man schon längst da sein sollte und dass auf die transsylvanischen Fahrpläne kein Verlass wäre.

RUMMMS! RUMMMS! – Rechtes Vorderrad und linkes Hinterrad durchfuhren Schlaglöcher. Mademoiselle Chicbinié flog quer durch die Kutsche auf Herrn Blünzli zu. Die Landung war weich.

„Pardón!“, sagte die Gouvernante.

„Keine Ursache“, brummte Herr Blünzli.

Neben Herrn Blünzli lümmelte ein großer, hagerer Mann. Auch er hatte kaum Probleme mit den Schlaglöchern. Er benutzte seine langen Beine, um seinen Körper in der Ecke der Sitzbank zu verspreizen. Ein Bein hatte er an den Fensterrahmen geklemmt, das andere presste er an die gegenüberliegende Sitzbank. Das war nicht gerade eine höfliche Stellung, zumal sich Damen in der Kutsche befanden, aber es half. Bei argen Schlaglöchern wippte nur der lange Knoblauchstängel, der in seinem Mundwinkel hing. Der Mann trug Cowboystiefel, war ganz in Schwarz gekleidet und die breite Krempe seines Hutes warf einen dunklen Schatten über sein Gesicht. Er hatte sich bisher nicht an der Unterhaltung beteiligt, sondern starrte unentwegt aus dem Fenster in die schaurige Nacht.

Die anderen Reisenden hätten nur zu gerne gewusst, wer er war und was ihn in diese gottverlassene Gegend führte, doch niemand getraute sich zu fragen. Er hatte etwas Abweisendes, Unnahbares an sich.

RUMMMS! RUMMMS! – Diesmal waren es das linke Vorderrad und das rechte Hinterrad. Franziska segelte diagonal durch die Kutsche auf den Unbekannten zu. Doch bevor sie sich blaue Flecken an seinem knochigen Gestell holen konnte, fing sie der Mann mit blitzartiger Reaktion auf.

„Verzeihen Sie bitte!“, sagte Franziska.

„Keine Ursache“, sagte der Hagere mit heiserer Stimme.

Franziska fand, dass nun das Eis gebrochen sei, und fragte: „Sind Sie auch geschäftlich unterwegs wie mein Papa?“

„Ma chére“, unterbrach die Gouvernante, „es schickt sich einfach nicht für eine wohlerzogene junge Dame, einen unbekannten Herrn anzusprechen, dem sie gar nicht vorgestellt worden ist.“

Der Unbekannte lüftete seinen Hut und ein schmales, bleiches Gesicht mit stechenden Augen wurde sichtbar.

„Tom Tex mein Name“, sagte er und fügte nach einer Pause hinzu: „Man nennt mich auch den Pfähler.“

Es gehörte zu den Aufgaben der Gouvernante Leute einander vorzustellen. Sie konnte sich vergnüglichere Dinge vorstellen (Tennisspielen zum Beispiel), trotzdem erfüllte sie ihre Pflicht wie ein gut geölter Wecker. Das ging so vor sich:

GOUVERNANTE (zu Franziska, auf Tom Tex zeigend):
Darf ich vorstellen: Tom Tex, genannt der Pfähler.

FRANZISKA: Sehr erfreut!
GOUVERNANTE (zu Tom Tex, auf Franziska zeigend): Darf ich vorstellen: Fräulein Franziska Blünzli.
TOM TEX: Sehr erfreut!
GOUVERNANTE (zu Herrn Blünzli, auf Tom Tex zeigend): Darf ich vorstellen: Tom Tex der Pfähler.
BLÜNZLI: Sehr erfreut!
GOUVERNANTE (zu Tom Tex, auf Blünzli zeigend): Darf ich vorstellen: Herr Wilhelm Blünzli.
BLÜNZLI (ergänzend): Fleisch- und Wurstwaren.
TOM TEX: Sehr erfreut!
GOUVERNANTE (zu Tom Tex, auf sich selbst zeigend): Darf ich vorstellen: Mademoiselle Dominique Chicbinié, Gouvernante.
TOM TEX: Sehr erfreut!
GOUVERNANTE (zu sich, auf Tom Tex zeigend und tief Luft holend): Darf ich vorstellen: Tom Tex, auch der Pfähler genannt.

Dann sagte die Gouvernante noch: „Enchantée, Monsieur!", und sank erschöpft auf ihren Sitz zurück. Vorstellen war damals eine recht anstrengende Angelegenheit.

Der Pfähler schob den Hut in die Stirne und starrte wieder aus dem Fenster.

Ehe das Gespräch einschlafen konnte, fragte Herr Blünzli: „Der Pfähler? Sie sind wohl auf Geschäftsreise in Sachen Zaunpfähle oder Pfahlbauten?" Geschäfte interessierten Herrn Blünzli immer.

Der Pfähler ließ ein trockenes Lachen vernehmen. „Na ja, nicht ganz. Sagen wir mal so: Ich habe hier in der Gegend einen Job zu erledigen. Einzelheiten darüber sind wohl nicht für die Ohren einer wohlerzogenen, jungen Lady geeignet."

Franziska protestierte: „Ach, kommen Sie schon! Papas Geschäfte sind auch nicht gerade vom Feinsten. Was ich mir da über Viehtransporte und Schlachtmethoden anhören muss – ich bin schon einiges gewöhnt. Los, erzählen Sie schon!"

„Okay“, sagte der Pfähler, „aber sagen Sie später nicht, ich hätte Sie nicht gewarnt.“

In die erwartungsvolle Stille hinein sagte Tom Tex: „Ich bin Vampirkopfgeldjäger.“

Ein lauter Donnerschlag zerriss die Stille und ein kurz darauffolgender Blitz erleuchtete die schreckensbleichen Gesichter der Reisenden, die eben sahen, wie eine große Fledermaus die Kutsche umflatterte.

Ungerührt fuhr der Pfähler fort: „Yeah, Sie müssen wissen, dass Vampire – diese scheußlichen Biester, die den Menschen das Blut aus der Halsschlagader saugen – sehr schwer zu töten sind. Man muss ihnen einen in Weihwasser getauchten Eichenholzpfahl durch das Herz treiben, sodann mit einer silbernen

Klinge den Kopf vom Körper trennen, alle Kopföffnungen mit Knoblauchzehen verstopfen, den Körper an einer Wegkreuzung bei Vollmond begraben und so weiter und so fort. Ich will Sie nicht mit unappetitlichen Kleinigkeiten langweilen. Sie sehen schon – eine widerliche Sache und fürwahr kein Honiglecken. Für den Kopf zahlt der VZVVV, der Verein zur Vernichtung von Vampiren, eine Prämie plus Reisespesen."

Der Pfähler schob den Knoblauchstängel vom linken in den rechten Mundwinkel und schwieg. Die anderen schwiegen auch.

Nach einer Weile deutete Franziska auf eine bauchige, schwarze Ledertasche, die neben dem Pfähler stand. „Und in dieser Tasche da, haben Sie so ... so ... so einen knoblauchgespickten Vampirkopf?"

„Noch nicht, young Lady, noch nicht", sagte der Pfähler grimmig und klopfte auf die Tasche. Das Klimpern von Holzpfählen war zu hören.

„Sie meinen also", sagte Herr Blünzli mit belegter Stimme, „dass es in dieser Gegend einen Vampir geben könnte?"

„Einen? Haben Sie gesagt *einen*?" Der Pfähler stieß ein Lachen aus, in dem Grauen und Verzweiflung mitschwangen.

RUMMMS! KNIRSCH! – Das rechte Vorderrad fuhr in ein Schlagloch, das einen halben Meter tief war. Das Rad zerbrach. Die Kutsche kam mit einem Ruck zum Stehen.

Der Kutscher wurde von seinem Kutschbock geschleudert, wachte für einen Augenblick auf, sagte „Hü hott!", landete bäuchlings auf dem Rücken eines seiner Gäule und schlief gleich wieder ein. Jetzt schnarchte er nicht mehr.

Der Stillstand der Kutsche war so plötzlich gekommen, dass nicht nur die beiden Damen, sondern auch die Herren aus ihren Sitzen gehoben wurden und zusammen mit herunterfallenden Gepäckstücken in einem wirren Knäuel am Boden der Kutsche landeten. Die Kutsche neigte sich zur Seite, die Türe, deren Verriegelung aufgesprungen war, öffnete sich und ein Gewirr von Händen, Füßen, Köpfen, Koffern, Taschen, Tennisschlägern, Hutschachteln, Würsten, Pasteten, Schinken, Speckseiten und anderen Warenproben aus Blünzlis Fleisch- und Wurstwarenfabrik rutschte sachte aus der Kutsche in den Schlamm des Straßengrabens.

Die Gouvernante murmelte ein „Pardón!“, aber niemand antwortete ihr mit einem höflichen „Keine Ursache“.

Eine große Fledermaus flatterte davon. Sie grinste schadenfroh.

Es dauerte lange, bis sich der Knäuel im Straßengraben entwirrt hatte. Franziska nieste. Die Gouvernante sagte „Gesundheit“. Herr Blünzli versuchte sich den Schlamm aus dem Gesicht zu wischen und Tom Tex suchte nach einem verlorenen Stiefel. Durchnässt, lehmverschmiert und völlig ratlos standen sie neben der umgesunkenen Kutsche. Nur der Kutscher lag, als ob ihn das alles nichts anginge, auf dem Pferderücken und schlief. Es goss in Strömen.

„Sacrebleu", schimpfte Mademoiselle Chicbinié und entfernte ärgerlich einen Frosch aus ihren Haaren. Von einer Frisur konnte nicht mehr die Rede sein. „Es schickt sich einfach nicht, uns hier im Regen stehen zu lassen. Wir brauchen ein Dach über dem Kopf, ein dampfendes Bad und eine Tasse heißen Tee."

In diesem Augenblick erleuchteten mehrere Blitze die Hochebene. Wie ein spitzer Zahn in einem ansonsten zahnlosen Unterkiefer ragte nicht weit entfernt ein halb zerfallenes Schloss in den flackernden Nachthimmel.

„O Mann", stammelte der Pfähler und spreizte die Finger abwehrend gegen die Ruine. „Das ... ist ... Schloss ... Zahnfleisch!!!"

Die Blitze erloschen und Finsternis und Regen umgaben wieder die Reisenden.

Unbeeindruckt sagte die Gouvernante: „Na und? Gewiss, der Name ist etwas eigenartig und das Äußere des Schlosses wirkt ein wenig derangiert, doch ein trockenes Plätzchen, eine Badewanne und ein heißes Getränk dürften sich sicherlich finden. Mon ami, wir holen uns den Tod, wenn wir in dem Unwetter hier bleiben."

„Mademoiselle", brüllte der Pfähler, um den grollenden Donner zu übertönen, „Sie wissen nicht, wovon Sie sprechen! In Vampirkopfgeldjägerkreisen munkelt man, dass Schloss Zahnfleisch das Versteck einer der blutrünstigsten Vampirhorden sei!"

„Kein Grund eine Dame anzuschreien", sagte die Gouvernante etwas pikiert und zog ihre Tennisschläger aus dem Schlamm des Straßengrabens.

„Machen Sie sich nicht so wichtig mit Ihren Vampiren", sagte Franziska, „ich glaube sowieso nicht daran." Und dann, ziemlich laut und schrill: „Ich will endlich raus aus diesem Sauwetter!"

Herr Blünzli säuberte eine Salamistange vom Lehm und meinte bedächtig: „Tja, eigentlich schätze ich Leute, die gerne kräftig ins Fleisch beißen und Blut mögen. Schon aus geschäftlichen Gründen, Sie verstehen. Ich finde auch, wir sollten die Nacht in Schloss Zahnfleisch verbringen."

Der Pfähler gab sich geschlagen. Achselzuckend meinte er: „Mir soll's recht sein. Ich bin ja an die Biester gewöhnt. Aber es soll niemand nachher sagen, ich hätte euch nicht gewarnt." – Für sich fügte er düster hinzu: „Wenn es noch ein Nachher gibt."

Die größte Schwierigkeit bestand darin, den Kutscher zu wecken. Man zog ihn vom Pferd und lehnte ihn an die Kutsche. Er schlief im Stehen weiter. Rütteln, Schütteln und Kitzeln halfen nichts. Der Kutscher lächelte im Schlaf. Ein rasselnder Wecker wurde an sein Ohr gehalten. Der Kutscher begann laut zu schnarchen. Erst als ein Fläschchen Rum unter seine Nase gehalten wurde, schlug er die Augen auf, sagte „Hü hott!“ und tat einen kräftigen Schluck.

In seiner wahrscheinlich nur kurz andauernden Wachphase ließ man den Kutscher die Pferde ausspannen und das Reisegepäck auf die Tiere verladen. Dem Pfähler war es inzwischen gelungen, eine Fackel in Brand zu setzen. Zwar gab sie kaum Licht, qualmte aber umso besser.

Von Donnergrollen und zuckenden Blitzen begleitet, von sturmgepeitschten Wassermassen getrieben und unter dem flackernden Schein der qualmenden Fackel stolperte nun das hilflose Häufchen, knietief im Morast versinkend, in die Dunkelheit hinein. Alle waren von bösen Ahnungen erfüllt. Bis auf den Kutscher. Er schlief im Gehen. Hin und wieder erleuchtete ein Blitz das Ziel der kleinen Schar – das vampirverseuchte Schloss Zahnfleisch.

Hoch über ihnen schwebte eine große Fledermaus. Sie leckte sich den Speichel von den Lippen.

Nicht weit entfernt kämpfte sich etwa zur gleichen Zeit ein kleiner Mann durch das Unwetter. Er hatte sich den Hut mit einem Schal auf den Kopf gebunden. Mit beiden Fäusten hielt er einen Schirmgriff umklammert. Vom Schirm selbst war nicht mehr viel übrig: der Stock und ein paar verbogene Speichen, an denen einige Fetzen Stoff im Sturm flatterten. Aber er hielt daran fest wie ein Schiffbrüchiger am abgebrochenen Mast.

Der Mann stolperte ständig und fiel häufig in schlammige Pfützen. Das lag daran, dass er schon sehr müde war und seine dünnen Beine kaum mehr heben konnte. Es lag aber auch daran, dass die Straße nicht nur für Kutschen, sondern auch für Fußgänger unpassierbar geworden war. Ein Schlauchboot wäre das geeignetste Transportmittel gewesen. Zudem sah der Arme sehr schlecht und trug Brillen mit dicken Linsen. Es sah aus, als hätte er einen Operngucker auf der Nase sitzen. Die Brillengläser waren von Schlamm und Wasser verschmiert und so kam es, dass er plötzlich in irgendetwas hineinlief, ohne es vorher gesehen zu haben.

„Verzeihung“, sagte er, ehe er erkannte, dass er sich bei einer umgestürzten Kutsche entschuldigt hatte.

Kopfschüttelnd umging er das Wrack, als ein gewaltiger Blitz die Nacht zum Tag machte. Die 125 Kilowatt Energie gaben genug Licht, um selbst einen Blinden die spitzzahnförmigen Umrisse von Schloss Zahnfleisch sehen zu lassen.

„Aha“, sagte der Mann. Er schob sich die Brille zurecht, fasste den Schirmgriff fester und stolperte in Richtung Schloss.

Grimmig murmelte er: „Warte nur ..., gleich hab ich dich ...“

Am Fuß des Berges, auf dessen Gipfel Schloss Zahnfleisch ragte, kauerte ein kleines Dörfchen. Die Gaststube des Dorfwirtshauses war bis zum Bersten gefüllt. Dorfbewohner und Bauern aus dem Umland saßen dicht gedrängt auf den Bänken. Wer keinen Platz gefunden hatte, stand gebückt unter den Knoblauchflechten, die von der rußgeschwärzten Decke hingen.

Niemand sprach, es herrschte Totenstille. Niemand rührte sich, denn dazu war kein Platz. Nur das Ticktack einer Pendeluhr und das Hickhick von Willi dem Säufer waren zu hören.

„Ruhe!“, schrie eine große, beleibte Frau und schlug mit einer schweren Bratpfanne auf den Tisch, dass die Gläser hüpften. Willi vergaß vor Schreck zu hicken, die Pendeluhr ticktackte weiter.

Die Frau mit der Bratpfanne war die Köchin des Pfarrers. Sie blickte böse zur Pendeluhr und wandte sich dann an die Versammelten.

„Dorfbewohnerinnen und Dorfbewohner! Bäuerinnen und

Bauern! Wir sind hier und heute zusammengekommen, um den Endsieg über das Böse zu erringen. Das Böse, das uns seit Jahrhunderten die edelsten Kräfte aus Leib und Seele saugt, das Böse, das in jenem verruchten Sündenpfuhl dort oben auf uns lauert – das gilt es zu vernichten."

Anklagend zeigte sie dabei aus dem Fenster auf Schloss Zahnfleisch, das eben wieder einmal zum richtigen Zeitpunkt von zuckenden Blitzen erleuchtet wurde. Beifälliges Gemurmel in der Wirtsstube.

Ein Schlag mit der Bratpfanne stellte die Ruhe wieder her. Die Pfarrersköchin fuhr fort:

„Die Zeit zum Handeln ist gekommen. Säumen wir nicht länger, uns gegen diese entartete Vampirbrut zu wehren und dieses Gezücht auszurotten und aus Schloss und Land für immer zu vertreiben."

Tosender Applaus, zustimmendes, lauter werdendes Gemurmel, Bravo-Rufe.

Ein schmächtiger Gendarm erkletterte eine Bank und versuchte mit seinem dünnen Stimmchen den Lärm in der Stube zu übertönen:

„Also so geht das nicht, bitteschön! Laut Paragraph dreizehn der Dienstvorschrift ist die Zusammenrottung von drei oder mehr Personen zum Zwecke der Brandstiftung oder Selbstjustiz verboten und ...“

Weiter kam er nicht. Gelächter, Buhrufe und Pfiffe. Die Köchin zog den Gendarmen von der Bank und stopfte ihn unter den Tisch.

Das mit der Dienstvorschrift nahm der Gendarm selbst nicht so ernst, aber er hatte keine Lust bei diesem Wetter die Nacht im Freien zu verbringen. Außerdem jagte ihm allein der Gedanke an dieses Schloss panische Angst ein.

Der Lärm in der Wirtsstube schwoll an.

Ein hagerer, elendslanger Mann schrie: „Ordnung muss sein! Ich als Totengräber weiß das. Vampire sind tot und ...“

„Untot“, rief der Wirt dazwischen.

„Tot oder untot“, schrie der Totengräber, „das kommt sich auf das Gleiche raus. Als Totengräber kenne ich mich da aus. Also: Vampire sind tot. Tote gehören in Särge. Särge gehören in Gräber. Gräber gehören zugeschaufelt. Und wenn diese Toten, oder meinetwegen Untoten, nicht in ihren Särgen bleiben wollen, werden wir sie mit starken Pfählen am Sargboden festnageln. So sehe ich das, als Totengräber. Ordnung muss sein!“

Beifälliges Gebrüll. Zustimmende Rufe.

Mit kräftiger Stimme meldete sich der Lehrer zu Wort: „Ja, auch ich bin der Meinung, dass zum sittlichen Schutze unserer Jugend ...“

Seine Rede ging im Lärm unter. Seine Reden waren ohnehin zu lang und nicht beliebt.

„Nieder mit den Vampiren!“, „Hinauf zum Schloss!“, „Räuchert sie aus!“, „Äschert sie ein!“, gellte es durch die Stube. Aber schon bald konnte niemand mehr sein eigenes Wort verstehen.

„Ruhe!“ Die Bratpfanne klatschte auf den Tisch und die Gläser tanzten.

Augenblicklich wurde es still.

„Wir sind uns also einig“, sagte die Pfarrersköchin. „Jetzt wird brav nach Hause gegangen! Bewaffnet euch mit Knoblauchkränzen und spitzen Gegenständen. Vergesst Fackeln und Sturmlaternen nicht! Treffpunkt in einer Stunde vor dem Wirtshaus zum Abmarsch aufs Schloss. Keine Fragen? Sitzung geschlossen!“ Die Bratpfanne sauste auf den Tisch nieder. Einige Gläser zerklirrten am Boden.

Mit wild entschlossenen Gesichtern und Nieder-mit-den-Vampiren-Rufen drängte alles zum Ausgang. Bald kehrte in der Wirtsstube Ruhe ein. Das Ticken der Pendeluhr und Willis leiser Schluckauf waren wieder zu hören. Willi kippte einige Schnäpse. Schnaps war gut gegen Schluckauf.

Der Gendarm war unter dem Tisch hocken geblieben. So hoffte er der Aufmerksamkeit und dem unangenehmen Marsch auf Schloss Zahnfleisch zu entgehen.

Während sich die braven Dorfbewohner auf ihren nächtlichen Ausflug vorbereiteten, bewegte sich auf der Landstraße, begleitet von Sturm, Regen, Donner und Blitz, eine Horde von grauenhaften, ekelerregenden, durch und durch bösen und nach Blut lechzenden Vampiren.

Ihr Anführer ritt auf einem halbverwesten Gaul, der Eckzähne wie ein Säbelzahntiger hatte. Statt des Zaumzeugs war am Kopf des Tieres ein rostiges Metallgestell montiert, das Ähnlichkeit mit einer Motorradlenkstange hatte. Darauf prangte eine Hupe mit Gummibalg. Der Vampir auf dem Gaul nannte sich der „Beißer“, aber selbst seine engsten Spieß- und Beißgesellen wagten ihn nur dann so zu nennen, wenn er in guter Laune war. Das war zuletzt vor zwei Jahren zu Allerseelen der Fall gewesen. Seither wurde seine Laune täglich schlechter.

Wasser rann von seiner Pickelhaube über die schwarzen Brillen (die er sich wegen der grellen Blitze aufgesetzt hatte) und tropfte von den langen, spitzen Fangzähnen wieder ab. Sein zerschlissener Mantel aus Fledermaushäuten bauschte sich im Sturm. Ein Prachtwetter, ganz nach Vampirgeschmack. Trotzdem steuerte seine schlechte Laune einem neuen Höhepunkt zu.

„Haaalt!“, schrie der Beißer mit heiserer Stimme und hupte.

Mit Schubsen und Drängeln kam der schaurige Zug langsam zum Stehen.

„Wanja!“, schrie abermals der Anführer.

Wanja der Werwolf war schon an der Seite seines Herrn. Unterwürfig hechelnd fragte er: „Bin schon da, Boss. Was ist, Boss?“

„Sieh nach, ob wir noch auf der richtigen Spur sind.“

Der Werwolf fletschte höflich die Zähne, senkte die Schnauze tief zur Erde und begann die Straße abzuschnüffeln.

Ein Peitschenhieb sauste knapp neben dem Werwolf in eine Wasserlacke.

„Geht das nicht etwas schneller, Wanja?“, fauchte der Beißer.

„Sofort, Boss. Gleich, Boss. Es ist nur wegen des Regens, Boss“, winselte der Werwolf und blickte mit seinen treuen, gelben Augen zu seinem Meister empor.

„Recht so, Boss!“, schnarrte ein Vampir mit grünem Irokesenhaarschnitt und einem lebendigen Skorpion als Ohrring. „Knall ihm nur ordentlich eins um die Schnauze, dem blöden Biest. Jedes Mal, wenn wir hinter einem blutgefüllten, saftigen Happen her sind, verliert er die Spur.“

„Maul halten!“, knurrte der Beißer.

Wanjas Schnauze glitt im Zickzack über die Straße. Wieder knallte die Peitsche und klatschte um Haaresbreite am Werwolf vorbei in den Schlamm.

„Da, Boss, da!“, jaulte Wanja. „Ich hab’s. Immer die Straße entlang, Boss. In einer Viertelstunde haben wir die Kutsche eingeholt.“

Die Vampirhorde heulte gierig auf und ließ den Speichel aus den Mäulern rinnen.

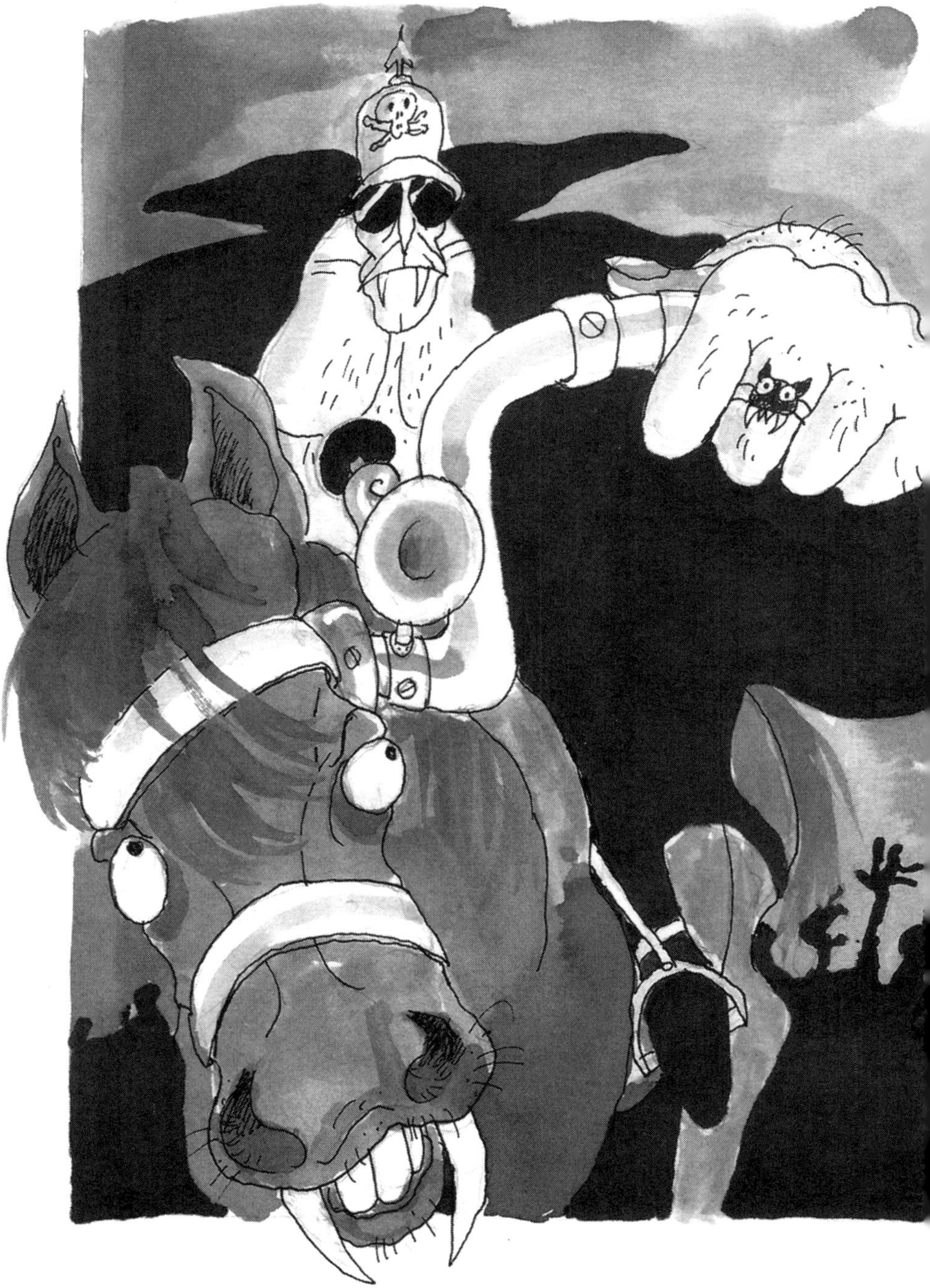

Wanjas Nase war ein Wunder. Sie konnte nicht nur Richtung, Alter und die Anzahl der Personen an einer Spur erschnüffeln, sie konnte auch Geschlecht, Geburtsdatum, Religionszugehörigkeit, Staatsbürgerschaft, Beruf, Kragenweite und Blutgruppe der Verfolgten feststellen.

Am Rücksitz von Beißers Gaul saß Vampana, die attraktive Gefährtin des Anführers. Ihr enges, kurzes Leibchen aus glänzendem, schwarzem Rattenleder ließ genug Haut frei, um die tätowierten Fledermäuse an Armen, Bauch und Hals erkennen zu lassen. Bei der geringsten Bewegung schepperte die Schöne metallisch. Ihr Silberschmuck, bestehend aus Arm- und Fußreifen, Halsbändern, Ringen, Kettchen, Flinserln und Flitterwerk, wog etwa zwei Kilo.

Es schepperte, denn Vampana kitzelte den Beißer mit ihrem langen, schwarzen Fingernagel unterm Kinn und hauchte ihm ins Ohr: „Überlässt du mir den dicken Fleischhauer, mein Beißerchen? Er sieht so saftig aus."

Der Beißer holte tief Luft und für einen Augenblick sah es aus, als ob er sich beherrschen würde, doch dann explodierte er: „Fixkruziblunzeneininocheinmal! Nenn – mich – nicht – *Beißerchen*! Schon gar nicht in der Öffentlichkeit! Und wer was bekommt, bestimme immer noch ich. Misch dich da nicht dauernd ein! Gurgel, Zahn und Bluterguss!"

Das waren harte Worte, selbst unter Vampiren. Vampana versuchte einen Schmollmund zu ziehen, was ihr aber wegen der langen, vorstehenden Fangzähne nicht gelang.

„Boss, gib mir den Dicken, bittebitte! Wenigstens die große Zehe. Bitte, ich habe Zehen so gern, Boss."

Der Beißer blickte nach unten, denn von dort war die kreischende Stimme gekommen. Am Steigbügel hing Zwerg Zahn und küsste die kotige Stiefelspitze seines Chefs. Zwerg Zahn war klein und fett, hatte nur ein Auge und nur einen Zahn, der allerdings sehr groß und spitz war.

Der Beißer packte Zwerg Zahn an der Nase, zog ihn in Augenhöhe zu sich herauf und betrachtete ihn voll Ekel. So, wie man eine Bananenschale achtlos wegwirft, warf der Beißer den zappelnden Zwerg in den Straßengraben. Die Horde wieherte und johlte.

Aus dem Straßengraben tauchte der schlammbedeckte Kopf des Zwerges auf.

„Das war schön, Boss! Noch einmal, bittebitte! Wirf mich noch einmal, Boss!"

Zwerg Zahn war der Sündenbock in Beißers Gang. Wann immer jemand übel gelaunt war, bekam der Zwerg die Schuld und die Hiebe. Mit der Zeit hatte er sich so sehr an die Misshandlungen gewöhnt, dass er es direkt liebte, gequält zu werden, und ständig darum bettelte. In Beißers Gesellschaft brauchte er nicht lange zu betteln.

Der Anführer hupte. Das war das Zeichen zum Aufbruch. Mit Fauchen und Grunzen setzte sich Beißers Böse Bande in Bewegung. Schlamm spritzte auf und bald flog die schreckliche Horde dahin, kaum noch den Boden berührend.

Mit großem Abstand folgte humpelnd Zwerg Zahn und kreischte: „Vergiss nicht auf mich, Boss! Überlass mir die große Zehe vom Dicken, bittebitte!"

Das zweite Kapitel heißt

„KEIN BIER FÜR DEN VAMPIR!"

Gut wäre auch „EIN FLEISCH- UND WURSTWARENPRODUZENT IM SEKTKÜBEL", aber das ist zu lang. „ANKUNFT AUF SCHLOSS ZAHNFLEISCH" ist auch gut, aber zu simpel. Es bleibt also bei „KEIN BIER FÜR DEN VAMPIR!"
In diesem Kapitel werden weitere Personen vorgestellt und die, die schon im ersten Kapitel vorgestellt wurden, werden etwas genauer unter die Lupe genommen. Aber auch sonst tut sich einiges.

Inzwischen waren Herr Blünzli, Franziska, Mademoiselle Chicbinié, die Gouvernante, Tom Tex der Pfähler und der schlafende Kutscher mit den beiden Gäulen bei Schloss Zahnfleisch angekommen. Die große Fledermaus, die die Reisenden lautlos in der Luft begleitet hatte, flatterte über den Burggraben und verschwand in einer Spalte der Umfassungsmauer.

Niemand konnte erkennen, wie tief der Burggraben war, denn dichte, übelriechende Dämpfe stiegen aus der Tiefe und verwehrten die Sicht auf den Grund des Grabens. Eine vermoderte Zugbrücke, an der schon einige Bretter fehlten, führte darüber. Nur sehr zögernd wagte die kleine Schar die Überquerung. Einige aufgeschreckte Frösche sprangen in die Tiefe.
Die Brücke ächzte und stöhnte, schaukelte und wankte. Der Pfähler ging voran und überprüfte mit der Stiefelspitze die Haltbarkeit der Bretter. Wilhelm Blünzli folgte auf allen vieren. Franziska und die Gouvernante hielten sich aneinander fest. Die Pferde schnaubten und wieherten ängstlich. Nur der Kutscher überquerte furchtlos und mit schlafwandlerischer Sicherheit die Brücke – er schlief im Gehen.

Mit schlotternden Knien erreichte man schließlich aufatmend das andere Ende des Grabens.

„PLATSCH ... PLATSCH ... PLATSCH", ertönte es tief unter ihnen.

„Was war das?", fragte Franziska.

„Die Landung der Frösche unten im Burggraben", sagte die Gouvernante und wurde im Nachhinein schwindlig.

Unter einem steinernen Torbogen führte der Weg in den Burghof. Drohend und schwarz umgaben die hohen Mauern die Reisenden. Die an Dachvorsprüngen kauernden Steinfiguren reckten die Hälse weit nach vor und spien armdicke Wasserstrahlen aus ihren aufgerissenen Mäulern. Zerborstene Stufen führten zu einem Portal, das durch ein hohes, eisenbeschlagenes Tor verschlossen war. Ein Feuersalamander kroch behäbig unter eine Steinplatte der Stiege.

Der Türklopfer war aus Bronze und hatte die Form eines Fledermausschädels. Doch plötzlich hatte es niemand besonders eilig anzuklopfen. Man stand im Regen und tat so, als hätte man Wichtigeres zu tun. Herr Blünzli sah interessiert die Wände des Gebäudes hoch wie ein Tourist bei einer Schlossführung. Der Pfähler kramte in seiner Tasche. Die Gouvernante versuchte den Schmutz von ihrem Kleid zu wischen. Der Kutscher war, an einer Mauer lehnend, langsam in eine sitzende Position gerutscht und lächelte selig im Schlaf.

Franziska trat schließlich vor und schlug den Fledermausschädel dreimal gegen das Tor. Tief und dumpf hallten die Schläge. Die Hofmauern warfen das Echo zurück. Feiner Sand rieselte vom Portal. Franziska lief schnell zurück, stellte sich hinter ihren Vater und tat so, als ob sie es nicht gewesen war.

Für eine Weile tat sich nichts. Dann – aus den Tiefen des Schlosses – ein dröhnendes WRUMM!, begleitet von einem Erdbeben. Der Boden zitterte, Verputzstücke fielen von den Mauern. Dann folgte ein tosendes SCHHH!, das sich wie eine gigantische Flutwelle anhörte. Dann wieder WRUMM! – SCHHH!, WRUMM! – SCHHH!, WRUMM! ... Erdbeben und Flutwelle näherten sich dem Tor.

Herr Blünzli spürte, wie sich seine Nackenhaare aufstellten.

Wie gebannt blickte er auf das Tor. Franziska versteckte sich hinter dem breiten Rücken ihres Papas und schloss die Augen. Der Pfähler stand wie versteinert und hielt den Griff seiner Tasche mit beiden Fäusten fest umklammert. Mademoiselle Chicbinié entwischte ein Furz. Im Moment war es ihr egal, ob sich das schickte oder nicht. Die Pferde schnaubten und scharrten unruhig mit den Hufen. Der Kutscher schlief.

Ein letztes WRUMM! und SCHHH! Dann Stille. Dann öffnete sich langsam das Tor.

Vor den Reisenden erschien ein Kleiderschrank. Ein Kleiderschrank von einem Mann. Das heißt, der Mann war am ehesten mit einem Kleiderschrank zu vergleichen. Keinem gewöhnli-

chen, sondern einem mindestens viertürigen in schwerer barocker Ausführung. Kurz, der Mann war groß und breit. Er füllte das Tor, in das leicht eine Kutsche gepasst hätte, völlig aus.

Der Kleiderschrank machte einen verstaubten, aber doch irgendwie eleganten Eindruck. Die Dienstbotenlivree war dezent in Grau und Schwarz gehalten, die Hose hatte Bügelfalten und den frisch gestärkten Stehkragen zierte eine Fliege. Die Schuhe, etwa in Snowboardgröße, waren geputzt. Nicht ganz dazu passte der neandertalartige, kahlgeschorene Schädel mit vielen Beulen. Auch die graugrüne Gesichtsfarbe störte.

Der Kleiderschrank verbeugte sich steif und sagte langsam mit tiefer Stimme: „Der Herr Baron lassen danken."

Für einige Minuten stand das enorme Möbelstück sinnend da und kaute am Daumennagel. Dann kam die Erleuchtung.

„Äh ... nein, das war's nicht. – Lassen bitten. Der Herr Baron lassen bitten." Der Kleiderschrank strahlte und gab den Eingang frei.

Zögernd traten die fünf Menschen ein. Artig half ihnen der Diener aus den nassen Überkleidern und hängte die tropfenden Mäntel und Hüte auf die Haken der Kleiderablage. Den schlafenden Kutscher hängte er dazu. Der wachte gar nicht auf. Er tropfte ab.

Der Diener ergriff einen schweren, siebenarmigen Kerzenleuchter und schritt voran – hinein in die Dunkelheit der riesigen Halle.

WRUMM! – SCHHH! – WRUMM! – SCHHH! Das SCHHH! war das Hinkebein, das der Gigant nachzog, WRUMM! das gesunde aufstampfende Bein, das Erdbeben erzeugte und dicke Staubwolken aufsteigen ließ. Hüstelnd folgten die Gäste. Franziska nieste, die Gouvernante sagte „Gesundheit".

Der Schein der Kerzen reichte nicht aus, um die Größe der Empfangshalle zu erahnen. Decke und Wände verloren sich in dunklen Schatten. Herr Blünzli erinnerte sich an seine große Fabrikshalle für Fleisch- und Wurstwaren. Sie kam ihm so klein vor.

Nach etwa zwanzig Minuten erreichten sie eine breite Treppe. In einer schwungvollen Kurve führte sie nach oben, doch ihr Ende lag im Dunklen. Die Stufen hatten Sprünge und Teile des steinernen Geländers fehlten.

„Tschi!“, klang es hohl aus der Halle, die sie eben durchschritten hatten. Und gleich darauf: „Undheit!“

„Was war das?“, flüsterte Franziska.

„Das Echo“, flüsterte die Gouvernante. „Erinnere dich, du hast vor zwanzig Minuten geniest.“

Beim Aufstieg stieß der riesige Führer einige Male an der Treppenbrüstung an. Große Brocken Mauerwerks prasselten in die Tiefe. Vom oberen Ende der Treppe war es nur mehr ein halbstündiger Spaziergang durch einige Dutzend enger Gänge, halbzerfallener Hallen, staubiger Rampen, dunkler Schlurfe, spinnwebenverhangener Galerien, niedriger Gewölbe und steiler Wendeltreppen, ehe sie vor einer hohen zweiflügeligen Türe hielten. Es roch nach Moder, Moschus und Pilzen.

Der Diener öffnete mit etwas zu viel Kraft. Ein Türflügel brach aus den Angeln und blieb dem großen Mann in der Hand. Mit der anderen Hand forderte er die Gäste zum Eintreten auf.

Der Raum war wie der Rest des Schlosses: groß, baufällig und von einer Staubschicht bedeckt. Doch im Gegensatz zum Wetter draußen strahlte er eine gewisse Behaglichkeit aus. Teppiche, weiche Polstermöbel, Kerzenschein. Vom offenen Kamin, in dem ein Feuer brannte, schritt ein Mann auf die Eintretenden zu.

„Guten Abend“, sagte er mit leicht näselnder Stimme, „Mimi, meine Haus- und Hoffledermaus, hat mich schon von Ihrem Kommen unterrichtet.“ Dabei kraulte er eine große Fledermaus, die auf seiner Schulter hockte.

Trotz seiner Blässe und den leicht rötlich schimmernden Augen war der Gastgeber ein stattlicher Mann in den besten Jahren. Sein Haar hatte er straff zurückgekämmt und im Nacken zu einem kleinen Zöpfchen verknotet. Das Haar glänzte wie schwarzer Lack, an den Schläfen zeigten sich Strähnen von Silbergrau. Sein verstaubter Frack saß wie angegossen und im Revers steckte eine getrocknete Rosenknospe. Ein kleines Bäuchlein rundete die elegante und würdevolle Erscheinung ab.

„Darf ich mich bekannt machen: Baron Vladimir von Zahnfleisch. Seien Sie mir herzlichst willkommen!"

Die Gouvernante übernahm die Vorstellungszeremonie. „Darf ich vorstellen ..." Der Baron verbeugte sich vor den Herren und küsste den Damen die Hand.

Dann wandte er sich an den großen Diener, der noch immer mit dem Türflügel in der Hand wartete.

„Hansi, stell die Türe endlich ab und kümmere dich um das Gepäck der Gäste."

„Das Gepäck, sehr wohl", sagte Hansi und begann sich in Bewegung zu setzen.

„Hansi", mahnte der Baron, „die Türe zuerst!"

Hansi blickte auf den Türflügel, den er noch immer festhielt.

„Die Türe, sehr wohl", sagte er und ließ den Flügel fallen. Hansi blieb abwartend stehen.

„Und jetzt das Gepäck", rief der Baron leicht gereizt.

„Das Gepäck, sehr wohl", sagte Hansi und streifte im Hinausgehen den noch intakten Türflügel. Der ging polternd zu Boden.

Der Baron seufzte und verdrehte die Augen. „Hansi schafft es einfach nicht, sich zwei Anweisungen auf einmal zu merken. Sie glauben gar nicht, welche Mühe es macht ..."

Er wurde durch lautes Krachen unterbrochen. Es kam aus der Richtung, in die Hansi gegangen war.

„Das war der Türstock vom Roten Salon", stöhnte der Baron. „Hansis Art überall anzuecken ist großteils für den Zustand des Schlosses verantwortlich ..."

„... und die Nachlässigkeit meines Herrn Gemahl, sich um die nötigen Reparaturen zu kümmern", sagte eine Dame, die plötzlich neben dem Baron stand.

„Meine Frau Gemahlin, die Baronin Valeska von Zahnfleisch, geborene Bissmark", stellte der Baron vor.

Die Gouvernante besorgte das „Darf ich vorstellen ..."

Valeska von Zahnfleisch war schöner als Schneewittchen. Schöner als ein vollschlankes Schneewittchen zumindest. Ihr langes Haar und ihr enganliegendes Abendkleid waren schwarz wie Ebenholz, ihre Haut weiß wie Schnee und der Lidschatten und die Lippen rot wie Blut.

„Haben Sie schon geabendstückt?“, fragte die Baronin ihre Gäste.

Verständnislose Blicke und offene Münder bei den Gästen. Schließlich fragte Franziska: „Was ist das, *geabendstückt*?“

„Ach, wie dumm von mir!“, rief die Baronin und schlug sich mit der flachen Hand gegen die Stirne. „Das können Sie natürlich nicht wissen. – Da wir erst am Abend aufstehen, können wir nicht gut frühstücken. Wir abendstücken dafür. Und in der Früh, ehe wir uns zur Ruhe begeben, verzehren wir nicht das Abend-, sondern das Frühbrot. Eigentlich logisch, nicht?“

„Eigentlich schon“, meinte Herr Blünzli und folgerte scharfsinnig, „und das Mittagessen nennen Sie dann wohl Mitternachtsessen?“

„Falsch“, sagte die Gastgeberin, „das nennen wir Lunch.“

Durch die offene Türe tänzelte leichtfüßig eine ältere Dame. Ihr weißes Haar hatte sie mit einer rosa Schleife zusammengebunden. Sie trug einen leicht taillierten, erbsengrünen Morgenmantel aus Chiffon mit fliederfarbenen Tupfen und einem Rüschenaufsatz aus Brüsseler Spitze. Ihre Füße steckten in entzückenden rosa Pantöffelchen mit halbhohen Absätzen und im Arm trug sie als stylisches Accessoire eine Plüschfledermaus.

„Vladi, möchtest du mir nicht deine Spielgefährten vorstellen?“, flötete sie gut gelaunt.

„Mama“, sagte Baron Vladimir von Zahnfleisch vorwurfsvoll, „für Spielgefährten bin ich nun wirklich schon zu erwachsen.“ Dann zu den Gästen: „Meine Frau Mutter, Urbaronin Zsa Zsa von Zahnfleisch, geborene Schwanenhals.“

Schon etwas heiser waltete die Gouvernante ihres Amtes. „Darf ich vorstellen ...“ Bei jeder Vorstellung legte Zsa Zsa ihren Kopf neckisch zur Seite und knickste.

„Kinderchen“, rief Zsa Zsa fröhlich, „wollen wir nicht einen Spaziergang unternehmen? Es wäre doch schade, bei diesem Prachtwetter in der Stube hocken zu bleiben. Einverstanden? – Also dann entschuldigt mich, ich werde mich für unseren kleinen Ausflug rasch umziehen.“

Mit einigen Tanzschritten verließ sie das Zimmer. Ein Windstoß riss den Vorhang eines Fensters zur Seite. Der blitzzerfurchte Nachthimmel wurde sichtbar. Donnergrollen folgte.

„Wo ist eigentlich Siegfried?“, fragte der Baron seine Gemahlin.

„Weiß ich nicht, du kennst ihn ja“, antwortete die Baronin und zuckte mit den Schultern. Den Gästen erklärte sie: „Siegfried ist unser Sohn. Fremden gegenüber ist er manchmal etwas scheu. Sie verstehen: Ein Einzelkind und wir haben hier nicht oft Gelegenheit Geselligkeit zu pflegen.“ Sie warf ihrem Gemahl einen vorwurfsvollen Blick zu.

„Siegfried!“, rief der Baron, „nun komm endlich. Stell dich doch nicht so an. Ich möchte dich unseren Gästen vorstellen.“

„Vorstellen! Quel malheur! Nicht schon wieder“, seufzte die Gouvernante leise.

In einer Ecke des Raums knarrte eine sargähnliche Truhe. Der Deckel öffnete sich. Heraus stieg Siegfried.

Siegfried sah aus, wie eben ein Siegfried aussieht: groß, stark, edel, blond und einen kühnen Blick in den strahlend blauen Augen. Nur braungebrannt war er nicht.

„Ist er nicht süß?“, flüsterte Franziska ihrer Gouvernante zu.

„Junge Männer sind nicht süß. Sie sind charmant, distinguiert, gut aussehend oder reich. Aber du hast Recht. Er sieht wirklich süß aus“, sagte die Gouvernante leise.

Nur unter den Blicken ihres Arbeitgebers spielte Mademoiselle Chicbinié die sittenstrenge Erzieherin. Dafür wurde sie ja bezahlt. Sonst waren die beiden Damen eher gute Freundinnen, die viel gemeinsam hatten.

Siegfried fühlte sich weder charmant noch distinguiert, noch gutaussehend, noch reich und auch nicht süß. Er fühlte sich entsetzlich verlegen.

Voll Stolz stellte der Baron vor: „Zukünftiger Großerzbaron Siegfried von Zahnfleisch, geborener Zahnfleisch.“

Die Titel werden immer länger, dachte verzweifelt die Gouvernante, als sie das Vorstellungszeremoniell hinter sich brachte.

Nach dem „Darf-ich-vorstellen-Spiel“ gesellte sich Franziska rein zufällig zu Siegfried.

„Ich finde diese gesellschaftlichen Formalitäten auch immer entsetzlich langweilig“, sagte Franziska im vertraulichen Konversationston zu Siegfried.

Siegfried lief rot an und schlug die Augen nieder. „Ich nicht“, stammelte er leise, „ich bin furchtbar scheu und werde so leicht rot und verlegen. Das ist mir so unangenehm.“

„Aber das ist doch süß“, sagte Franziska und legte ihre Hand auf seinen Arm.

Siegfried konnte nicht röter werden, als er es schon war. Aber er lächelte glücklich.

Das Geräusch von splitterndem Holz war zu vernehmen.

„Das war der Türstock vom Spinnengewölbe“, stöhnte der Baron. „Hansi kommt mit dem Gepäck.“

Kurz darauf trat Hansi ein. Die Gäule samt Gepäck trug er auf den Schultern, zwei Türstöcke hingen ihm um den Nacken. Sein Kopf hatte einige Beulen mehr.

Baron Zahnfleisch benötigte siebzehn klare, einfache Einzelbefehlssätze, einer hübsch langsam nach dem anderen, um Hansi dazu zu bringen die Gepäcksstücke abzustellen, die Türstöcke an die Wand zu lehnen und die Pferde in den Stall zu schaffen und mit Heu zu versorgen.

„Anstrengender, als wenn ich es selbst machen müsste“, schimpfte der Baron und tupfte sich mit einem seidenen Taschentuch die Schweißperlen von der Stirne. Er griff nach einem Fläschchen in einem Wandschrank, füllte ein Glas mit roter Flüssigkeit und leerte es in einem Zug. Danach fühlte er sich sichtlich besser.

Tom Tex der Pfähler hatte sich bisher schweigend im Hintergrund gehalten, seine Tasche fest im Griff. Unter halb geschlossenen Lidern waren seine Augen unruhig hin und her gewandert und hatten messerscharf jede Kleinigkeit beobachtet.

Jetzt jedoch trat er nach vor, sprang elastisch auf den Tisch und pflanzte sich dort breitbeinig auf. Laut verkündete er: „Es soll niemand sagen können, ich hätte euch nicht gewarnt. Zuerst war es nur ein Verdacht, jetzt ist es Gewissheit. Alles spricht dafür: der Staub und der Zustand des Schlosses, die Schlafgewohnheiten der Insassen und vor allem ihre Ernährungsweise. Wissen Sie, was auf dem Fläschchen stand, aus dem der Baron eben ein Glas getrunken hat?"

Es war eine rhetorische Frage und niemand antwortete. „Wichtigmacher", flüsterte Franziska und ergriff Siegfrieds Hand.

„Auf der Flasche stand: Blutgruppe B, Rhesusfaktor positiv, Jahrgang 1865", zischte triumphierend der Pfähler.

Das saß. Die Gäste wurden bleich, die Gastgeber waren es schon, nur Siegfried wurde rot, weil Franziska seine Hand fest drückte.

„Dies lässt nur einen Schluss zu", schrie der Pfähler, „wir befinden uns unter Vampiren!"

Urbaronin Zsa Zsa tänzelte in den Raum. Sie trug einen weich fließenden Hosenanzug aus Seide. Das bunte Blümchenmuster dieser Kreation wurde noch unterstrichen von dem zierlichen Sonnenhütchen, von dem fliederfarbige Bänder flatterten.

In die Stille hinein trällerte ihre Stimme: „Aber natürlich sind Sie in Gesellschaft von Vampiren, mein Lieber. Wussten Sie das denn nicht?"

Das darauf folgende Schweigen war peinlich. Baron Vladimir von Zahnfleisch klopfte an sein Glas, um die Aufmerksamkeit auf sich zu ziehen. Er erhob sich würdevoll und sprach: „Um die letzten Zweifel zu beseitigen, verkünde ich hier aus gegebenem Anlasse, dass wir, aus dem alten und edlen Geschlechte der Zahnfleischs, seit Jahrhunderten bis heute und hoffentlich noch in ferner Zukunft, das waren, sind und sein werden, worauf wir wahrlich stolz sein dürfen und müssen, nämlich ..."

Der Baron hatte den Faden verloren. Er kam abrupt zum Ende seiner Ansprache: „... also kurz und bündig – wir sind Vampire." Und nach kurzer Pause fügte er mit dröhnender Stimme hinzu: „Vollblutvampire!"

Dann lachte der Baron und seine langen spitzen Eckzähne funkelten für alle sichtbar im Schein der flackernden Kerzen. Baron Vladimir von Zahnfleisch lachte laut und lang. Sein Lachen breitete sich im Raum aus, drang hinaus und flog durch Wendeltreppen, Gewölbe, Galerien, Schlurfe, Rampen, Hallen, Gänge und Stiegenaufgänge. Selbst im weit entfernten großen Empfangssaal, wo der Kutscher noch immer am Kleiderhaken hing, klang das Lachen so laut und schaurig, dass der Schlafende verschreckt hochfuhr.

„Hü hott!“, dann schlief er wieder.

Das Lachen des Vampirs aber hallte noch lange nach.

Der kleine Mann mit dem Opernglas auf der Nase und dem zerfetzten Schirm in beiden Fäusten hatte inzwischen Schloss Zahnfleisch erreicht.

Er war hundemüde und konnte sich kaum noch auf den Beinen halten. Seine schmutzverschmierten Brillengläser ließen ihn seine nähere Umgebung nur sehr ungenau wahrnehmen. Zu seinem Unglück war im Moment auch kein Blitz zur Stelle, der seinen Weg erleuchtet hätte. So sah er zwar undeutlich die dunklen Umrisse des Schlosses, nicht jedoch den Burggraben und die darüberführende Zugbrücke.

Er stolperte geradewegs auf den gähnenden Abgrund zu. Als er keinen Boden mehr unter den Füßen hatte, begann sein langer, langer Fall in die Tiefe.

Mimi, die Haus- und Hoffledermaus, blieb flatternd in der Luft stehen und beobachtete, wie der Mann in den aufsteigenden Dämpfen verschwand.

Mimi fing sich einige fette Motten zur Jause und machte ein kleines Nickerchen unter einem Dachvorsprung.

Ein fernes PLATSCH! tief unter ihr weckte die Haus- und Hoffledermaus. Mimi wusste, dass der Mann seinen Fall beendet hatte und pflichtbewusst machte sich die treue Fledermaus auf den Weg, ihrem Herrn Meldung zu erstatten.

Die Dorfbewohner und Bauern hatten sich vor dem Wirtshaus versammelt. Zwar waren es nicht mehr so viele wie noch vor einer Stunde in der Wirtsstube, die „Nieder mit den Vampiren!“ geschrien hatten, aber es war noch immer ein stattlicher Haufen biss- und stichfester Vampirkämpfer.

Der Lehrer hatte Spruchbänder und Tafeln beschrieben und verteilte sie unter die Teilnehmer des Kriegszuges. „Kein Bier für den Vampir!“ – „Wenn uns die Vampire beißen, werden wir ins Grab sie schmeißen!“ – „Der Vampire Jammer: Pfahl und Hammer!“ – „Willst du den Vampir erstechen, darfst du nicht im Wirtshaus zechen!“ Aus seiner Erfahrung mit Kindern wusste der Schulmeister, dass Gereimtes eher geglaubt wird und sich leichter einprägt. Als Waffe trug er den großen Tafelzirkel.

Die anderen hatten sich mit Mistgabeln, Sensen, Sicheln,

Bohnenstangen, Setzeisen, Drillbohrern und zugespitzten Zaunlatten ausgerüstet. Alle trugen Knoblauchkränze um den Hals, der Wirt hatte sich Knoblauchzehen sogar in die Ohren und in die Nasenlöcher gesteckt.

Willi der Säufer torkelte mit einer Weinflasche inmitten der tapferen Streiter herum und gab gute Ratschläge. Das brachte den Totengräber auf die Idee, Willi an eine Stange zu binden und ihn vor der Gruppe herzuschieben. So würden die Vampire ihn zuerst beißen und wegen des hohen Alkoholspiegels seines Blutes besoffen werden. Auf diese Weise geschwächt, würde man sie leichter erledigen können. Die Idee fand Zuspruch. Johlend machte man sich ans Werk. Willis gelallte Proteste halfen nichts. Der Wille des Volkes war stärker.

Die Gruppe war bereit zum Abmarsch. Unter dem Qualm der Fackeln sah der streitbare Haufen wie ein Igel mit aufgestellten Stacheln aus. Die Pfarrersköchin schwenkte die Bratpfanne als Zeichen zum Aufbruch. Plötzlich hielt sie inne und schrie: „Wo ist der Gendarm?“

Zorniges Gemurmel. Mit resoluten Schritten ging die Köchin zurück ins Wirtshaus. Als sie wieder heraustrat, hielt sie den zappelnden Gendarmen am Kragen. Heiterkeit beim Volk.

Die Köchin drückte dem Ordnungshüter einen Bratspieß in die Hand und dann setzte sich der stachelige Zug in Bewegung. Hoch über der mutigen Schar, von Blitzen grell umzuckt, ragte drohend das Ziel ihres Marsches auf: Schloss Zahnfleisch.

Unfreiwillig einsam und allen weit voran wankte an der Spitze des Zuges Willi der Säufer. Man hatte seine Hände auf den Rücken und an eine lange Wagenstange gebunden, mit der man ihn voranschob und steuerte. Willi hatte wieder den Schluckauf bekommen. Er klang wie eine tickende Zeitbombe.

Des Beißers Böse Bande kam mit Schnauben und Wiehern und quietschenden Bremsen zum Stehen. Alles stieg ab und drängte sich um die umgestürzte Kutsche. Ein Fauch-, Grunz-, Buh- und Pfeifkonzert brach los, als man sah, dass sie leer war.

„Was machen wir jetzt, Boss?“, fragte ein glatzköpfiger Vampir, dessen spitze Ohren stark behaart waren.

„Maul halten!“, schnappte der Beißer. „Ich denke nach.“

Wenn der Boss nachdachte, wagte niemand zu atmen. Nur das Geräusch des niederprasselnden Regens war zu hören. Ein Blitz kam dem Beißer beim Denken zu Hilfe. Ein Blitz, der wie schon so oft wieder einmal Schloss Zahnfleisch gespenstisch beschien. Der Blitz spiegelte sich in Beißers schwarzen Brillen wider. Ein Blitz der Erkenntnis durchzuckte auch sein Gesicht.

„Wanja!“, schrie er, „sieh nach, ob du Witterung aufnehmen kannst. Such in der Richtung von Schloss Zahnfleisch.“

Wanja der Werwolf ging zu Boden und schnüffelte. Ungeduldig griff der mächtige Boss nach seiner Peitsche.

„Ich hab's, Boss, ich hab's! Du hast wieder einmal so Recht gehabt, Boss!“, winselte der Werwolf speichelleckerisch. „Fünf Zweibeiner und zwei Vierbeiner, in Richtung Schloss, Boss.“

Der Beißer nickte und lächelte hinterhältig, jedoch so, dass niemand es sah. Dann bestieg er die umgestürzte Kutsche. Heroisch ragte er in den nächtlichen Himmel. Gleich würde eine seiner berüchtigten Reden folgen.

„Meine stinkenden Schweineblutsäufer!“, schrie er auf seine Fans hinunter. So oder so ähnlich pflegte er seine Ansprachen zu beginnen. Die Vampire scharten sich um den Redner und klapperten erwartungsvoll mit den Zähnen.

Der Beißer setzte fort: „Unser Fastfood hat sich auf Schloss Zahnfleisch verkrochen. Diese alte Hütte ist morsch und baufällig. Trotzdem dürfte es werwolfmäßig hart werden hineinzukommen, wenn wir alle gemeinsam dort aufkreuzen. – Aber euer Boss hat sich da was ausgedacht. – Wo wärt ihr ohne euren Boss und seiner Brainpower, ihr verfaulten Rattenschwänze, eh?!“

Zustimmendes Fauchen und ein heiseres „Vamp, Vamp – hurra!“ aus der Menge.

„Ich, euer sich aufopfernder, selbstloser Boss, werde vorauseilen und mich heimlich ins Schloss schleichen. Wenn ihr dann nachkommt, stehen euch Tür, Tor und Fenster dieser Bude offen. Und dann, o ihr blutgeilen Saugaffen, beginnt das große Naschen an prallgefüllten, warmen Halsschlagadern. – Was sagt ihr dazu, ihr verlaustes Wanzengeschmeiß?!"

Freudengejaule brach los. Alles applaudierte, speichelte und stampfte mit den Füßen, dass der Schlamm meterhoch aufspritzte.

Der Beißer sprang von der Kutsche und nahm ein Bad in der Menge. Er badete ja sonst nie.

Unter sich hörte der Beißer eine verhasste, kreischende Stimme: „Hallo, Boss, hier bin ich wieder. Nimm mich mit ins Schloss, bittebitte. Ich bin ja ganz klein, kann überall durchschlüpfen, ich kann dir eine große Hilfe sein, Boss."

Zwerg Zahn kauerte zu Beißers Füßen und leckte seinem Meister die kotigen Stiefel sauber. Der Beißer wartete, bis sie ordentlich glänzten. Dann kickte er den Zwerg. Wie ein Ball rollte Zwerg Zahn durch die Wasserpfützen und blieb vor Wanjas Pfoten liegen. Der Werwolf gaberlte den Zwerg auf und schoss eine hohe Flanke hinüber zum freistehenden Typen mit der Irokesenfrisur. Der stoppte den Zwerg geschickt mit der Brust ... überdribbelte ein, zwei, jawoll, drei Gegner und spielte jetzt zur Mitte ... Vampir Glatzkopf mit den haarigen Ohren verlängerte zum daherstürmenden Beißer ... Beißer übernahm volley und ... jaaa, er bombte Zwerg Zahn knallhart ins Kreuzeck des Kutschenfensters. Tor! Toor! Tooor!

Jubelgeheul der Fans. Der stolze Torschütze wurde umringt und jeder versuchte ihm zu gratulieren. Der ließ es geschehen. So gut gelaunt war der Beißer seit zwei Jahren nicht mehr gewesen. Damals, zu Allerheiligen, war es ihm bei einem Basketballspiel gelungen, Zwerg Zahn aus fünf Meter Entfernung in einen summenden Bienenkorb zu werfen.

Jetzt kroch der Zwerg aus dem Fenster der Kutsche und kreischte: „Schieß mich noch einmal, Boss. Ein Prachtbombenschuss, Boss! Schieß mit mir noch ein Tor, bittebitte!"

Der Beißer trat zu seinem Gaul und holte aus der Satteltasche ein großes Paar Fledermausflügel. Es war ein zusammenklappbares Reisemodell der Firma Nachtflug & Co. Seine Gefährtin Vampana half ihm beim Anschnallen. Vor dem Abflug drückte sie dem Beißer ein zartes Bisschen auf die Wange. Normalerweise ließ er derartige Gefühlsduseleien in der Öffentlichkeit nicht zu. Heute knurrte er nur angewidert, da er gut gelaunt war.

Flatternd erhob sich der Beißer in die Luft. Das Flugwetter war nicht besonders günstig. Der Regen machte die Flügel nass und schwer und die Sturmböen erschwerten die Navigation. Aber der Beißer hielt sich wacker. Zwar war sein Kurs etwas eckig, die Flughöhe schwankte ständig und einmal hätte er fast den Wipfel eines verdorrten Baumes gestreift, aber schließlich gewann er doch an Höhe und steuerte zielsicher auf Schloss Zahnfleisch zu.

„Vergiss nicht, kühl das Dickerchen für uns beide ein!“, rief ihm Vampana nach.

Schwärmerisch malte sie sich aus: Sie und Beißerchen allein auf einer mondbeschienenen Terrasse, leise Hardrock-Musik, Kerzengeflacker und neben ihnen, in einem riesigen Sektkübel, von Eiswürfeln umgeben – Fleisch- und Wurstwarenproduzent Wilhelm Blünzli. Vampana seufzte romantisch.

Inzwischen hatte die Nacht den flatternden Beißer verschluckt. Kein Blitz tat ihm den Gefallen, Schloss Zahnfleisch grell zuckend zu erleuchten.

Das dritte Kapitel heißt

„EIN GEBISS SPAZIERT INS ZIMMER"

Die einzige Alternative dazu wäre „AUF SCHLOSS ZAHNFLEISCH". Natürlich muss hier dem durchs Zimmer spazierenden Gebiss der Vorrang eingeräumt werden.
In diesem Kapitel werden keine weiteren Personen vorgestellt, weil zweiundzwanzig Charaktere genug sein müssten die Geschichte in Schwung zu halten. Diese beginnt sich übrigens schön langsam zuzuspitzen.

Als das schaurige Lachen auf Schloss Zahnfleisch verklungen war, wurde der Baron ernst.

„Ich bitte um Verzeihung, falls ich Sie erschreckt habe", sagte er beruhigend. „Ich bin Ihnen eine Erklärung schuldig. Aber bitte, wollen wir uns nicht setzen?"

Tom Tex der Pfähler, der noch immer wie angenagelt auf dem Tisch stand, stieg herunter, ließ aber den Baron keinen Moment aus den Augen. Auch die übrigen Gäste lösten sich aus ihrer Starre und setzten sich zaghaft auf die gepolsterten Stühle. Staubwolken stiegen auf.

„Hansi", sagte die Baronin, „bitte serviere unseren lieben Gästen etwas heißen Tee. Blutwurztee!"

„Heißer Blutwurztee, sehr wohl", sagte der Diener und schaffte den Ausgang ohne anzuecken.

„Ich hoffe, Sie mögen Blutwurztee", wandte sich die Baronin an die Gäste. „Blutwurztee ist ja so gesund. Er beruhigt und vor dem Schlafengehen getrunken, liefert er die angenehmsten Albträume und ..."

„Bitte, Valeska", unterbrach der Baron, „ich wollte eine Erklärung abgeben."

Als der Baron die Aufmerksamkeit aller Gäste hatte, begann er: „Die Tatsache, dass wir Vampire sind, braucht Sie nicht im Geringsten zu beunruhigen. Natürlich trinken wir Blut, aber doch nicht, in drei Teufels Namen, Menschenblut. Ich bitte Sie! Wir sind doch keine Kannibalen!"

Baronin Zahnfleisch räusperte sich und blickte ihren Gemahl streng an.

„Gewiss, gewiss", gab der Baron verlegen zu, „bei besonderen Anlässen gönne ich mir ein Fläschchen Menschenblut aus unserem Blutkeller, den mein seliger Großvater, Freigraf Kainfried von Saugvoll, vor etlichen Jahrhunderten angelegt hatte. Ich sage Ihnen, da sind schon einige köstliche Tropfen darunter!"

Er verdrehte die Augen und schnalzte genießerisch mit der Zunge. Die Baronin sah ihn strafend an. Offensichtlich schätzte sie die Trinkgewohnheiten ihres Gemahls nicht besonders.

Krachen kam draußen vom Gang.

„Das war die Küchentür", murmelte der Baron resigniert.

Hansi trat ein. Er war von Mauerschutt und Ziegelresten bedeckt, aber die Teekanne aus Porzellan war ganz. Das heiße Getränk duftete und dampfte. Hansi wartete.

„Stell die Teekanne auf den Tisch", sagte die Baronin geduldig, „und, Hansi, wir brauchen Teetassen. Bitte!"

„Teetassen, sehr wohl." Hansi verbeugte sich und machte kehrt. Schutt rieselte auf den Teppich.

„Wie gesagt", fuhr der Baron fort, „einen edlen Tropfen Menschenblut lasse ich mir schon ab und zu am Gaumen zergehen. Aber das Vorurteil vieler Menschen, dass wir Vampire in Hälse beißen und Blut daraus saugen, ist einfach lächerlich. Allein die Vorstellung ist barbarisch."

„Und wenn Sie sich vorstellen", fügte die Baronin hinzu, „dass es Menschen gibt, die mit ungewaschenen Hälsen und dreckigen Hemdkrägen herumlaufen – mir wird direkt schlecht dabei." Sie schüttelte sich vor Abscheu.

„Früher einmal", sagte der Baron, „war diese Gurgelbeißerei so üblich. Aber heutzutage? Ich bitte Sie, wir leben doch nicht mehr im Mittelalter. Sie essen doch auch nicht mehr mit den Fingern, oder?"

„Mais non, natürlich nicht", antwortete die Gouvernante.

„Ein Würstel mit Senf schon", protestierte Fleisch- und Wurstwarenfabrikant Blünzli.

„Und was die feste Nahrung betrifft", sagte der Baron, „so bevorzugen wir natürlich saftiges, rohes Fleisch. – Na ja, ein bisschen angebraten darf es schon sein. Herr Blünzli, Sie werden mir beistimmen, dass ein richtiges Steak im Inneren noch ein wenig blutig sein muss."

„Sehr richtig! Ganz recht!", bestätigte der Fleisch- und Wurstwarenfabrikant. Der Vampir war ihm plötzlich sehr sympathisch.

Irgendwo krachte ein Türrahmen zu Boden. Hansi brachte die Teetassen.

„Zucker, wir brauchen Zucker, Hansi!“ Noch war die Stimme der Baronin geduldig.

„Zucker, sehr wohl.“

„Und falls du es nicht vergisst, Hansi, bring die Teelöffel auch gleich mit“, rief ihm der Baron nach. Er machte sich keine allzu großen Hoffnungen.

„Um auf diese ekelhafte Sache des Blutsaugens zurückzukommen“, fuhr der Baron fort, „so muss ich gestehen, dass es leider auch heute noch Vampire gibt, die sich auf diese widerliche Weise ernähren. Kriminelle Elemente, abnorme Typen. Ausgestoßene, mit denen kein zivilisierter Vampir etwas zu tun haben will. Ein gewisser Beißer, zum Beispiel, macht mit seiner berittenen Horde hin und wieder die Gegend unsicher. Vor solchen asozialen Typen müssen Sie sich natürlich in Acht nehmen. Aber hier bei uns haben Sie wahrlich nichts zu befürchten. Ich bitte Sie, wir sind doch kultivierte Vampire.“

Franziska, die vor den Erklärungen des Barons ein wenig von Siegfried abgerückt war, lächelte dem blonden Vampirssohn versöhnlich zu. Siegfried lächelte mit rotem Kopf zurück.

Urbaronin Zsa Zsa von Zahnfleisch, geborene Schwanenhals, hatte während der Ausführungen des Barons ihr Makeup aufgefrischt und Blanche auf ihre Wangen und etwas Noir auf ihre Lippen aufgetragen. Nun griff sie zum ersten Mal in die Unterhaltung ein.

„Ach, meine Lieben, ich weiß nicht so recht. Was mein Vladi da von zivilisiert und kultiviert daherredet – gut und schön. Aber für mich klingt das ein bisschen zahnlos und blutleer – dekadent möchte ich fast schon sagen.

Ja, früher einmal, da gab es Vampire, die hatten noch Mumm in den Knochen – oder besser, Schliff auf den Zähnen. Mein seliger Großvater zum Beispiel, der Urururbaron Zahn van der Hals – was war das doch für ein herrlich blutrünstiger Vampir! Ich habe ihn als kleines Mädchen noch persönlich gekannt. Kein Menschenhals war vor ihm sicher. In guten Zeiten trank er bis zu drei Menschen pro Nacht. Alle seine Zechkumpane soff er mühelos in den Sarg. Sein Trinkspruch lautete: ‚Nur im Menschenblute trinkst du das Wahre, Schöne, Gute.‘ Solche bluterfrischende Typen findet man heutzutage nicht mehr."

Zsa Zsa seufzte und blickte nostalgisch auf die Spinnweben an der Zimmerdecke.

„Die heutigen Jungbeißer", fuhr sie ernüchtert fort, „haben einfach nicht mehr den richtigen Biss. Mein Gatte, in Frieden möge er ruhen, war ja auch schon so ein stumpfzähniger Waschlappen. Und ich? ... Na ja, ich ... ich würde schon noch gerne mögen wollen, aber ..."

Sie unterbrach sich, holte ihr Gebiss mit den spitzen Eckzähnen aus dem Mund, legte es speichelnass auf den Tisch und erklärte: „Daf ift die Urfache dafür, daff ich nicht mehr fo kann, fo wie ich möchte."

„Mama!", rief der Baron entrüstet.

„Mutter!", zischte die Baronin vorwurfsvoll, „wir sind in Gesellschaft."

„Aber Oma!", sagte Siegfried und wurde rot, weil er daran dachte, was wohl Franziska von seiner Familie halten würde.

„Ift schon gut, ift schon gut", beruhigte Zsa Zsa sie und wollte ihr Gebiss wieder aufnehmen.

Das Gebiss jedoch hatte sich selbstständig gemacht und krabbelte zähneklappernd, KLAPPEDIKLAPP!, KLAPPEDIKLAPP!, über den Tisch geradewegs auf den Pfähler zu.

„Keine Angft", rief Zsa Zsa, „es beift nicht. Zumindeft nicht fehr gut. – Beiferchen, fofort kommft du zu deinem Frauchen!“ Nach einer kleinen, erfolgreichen Jagd waren die Zähne wieder dort, wo sie hingehörten.

Draußen am Gang fiel eine Säule krachend zu Boden. Mit einer neuen Beule am Kopf, aber mit stolzgeschwellter Brust trat Hansi ein. Er hatte Teelöffel und – es war kaum zu glauben – auch den Zucker mitgebracht. Spontaner Applaus empfing ihn.

Baron Zahnfleisch klopfte Hansi anerkennend auf den Ellbogen (zur Schulter reichte er nicht hinauf) und bat ihn, jetzt noch Untertassen und etwas Milch zu bringen.

„Untertassen und ... und ... und ...“ Wegen der anstrengenden Denkarbeit stoben Funken von den Beulen auf Hansis Kopf. „... und Milch!“, brüllte er triumphierend und riss die Arme in die Höhe. Ein Stück Decke prasselte herunter. „Sehr wohl“, sagte er dann und ging.

„Ich weiß nicht, ob du ihn da nicht ein bisschen überforderst“, meinte Valeska zu ihrem Gemahl.

„Kommen Sie!“, rief Zsa Zsa den Gästen zu. „Ich möchte Ihnen etwas aus der guten alten Zeit zeigen.“

Der Baron wollte seine Mutter noch zurückhalten, doch es war schon zu spät. Er seufzte. Zsa Zsa öffnete eine Seitentüre, ließ die Gäste eintreten und sagte: „Das ehemalige Jagdzimmer meines Großvaters.“

Was die Gäste sahen, ließ sie erstarren und jagte ihnen eine Gänsehaut über den Rücken, die sich geschmalzen hatte. So, wie ein Jäger die Köpfe seiner erlegten Hirsche, Steinböcke und Kühe ausstopfen lässt und stolz an die Wand hängt, so hingen hier Menschenköpfe. An den Hälsen waren die Einbisslöcher zu erkennen. An den Brettchen, an denen die Köpfe befestigt waren, standen fein säuberlich Name, Beruf und Abbissdatum des erlegten Menschen. Neben- und übereinander hingen da Handelsreisende, Vagabunden, Zirkusdirektoren, Reiseleiter, Fernfahrer, Touristen, Reporter, Kinderbuchautoren und Reiseschriftsteller.

Als Zsa Zsa das Entsetzen der Gäste bemerkte, sagte sie: „Tja, meine Lieben, was soll man denn sonst mit erlegten Menschen machen? Als Bettvorleger ist ihre Haut einfach zu dünn."

Sie kicherte und hielt ihre Hand vor den Mund. Inmitten der Jagdtrophäen hing ein Gemälde. Es war in dunkelroten Tönen gehalten und schien wie mit Blut gemalt. Es zeigte einen aufgedunsenen Vampir in Jagdanzug und Gamsbarthut – nein, Mannsbarthut. Unter dem Doppelkinn hing ein rubinbesetzter Orden. Selbstgefällig blickte er auf die Gäste herunter, seine blutbefleckten Fangzähne entblößend.

„Das Blutbild meines Großvaters, Ururbaron Zahn van der Hals. Ein Vampir, wie er im Buche steht", sagte Zsa Zsa stolz. Sie warf dem Bild ihres Großvaters noch ein Kusshändchen zu und sagte im Hinausgehen: „Und jetzt entschuldigen Sie mich bitte, ich werde mich zum Tee noch rasch umziehen."

Auch die Gäste verließen hastig den schaurigen Raum.

„Scandaleux", sagte die Gouvernante, ließ sich in einen Stuhl fallen und verschwand in einer Staubwolke.

„Würg und kotz!", murmelte der Pfähler und wurde noch misstrauischer, als er ohnehin schon war.

Herr Blünzli dachte an den Saurüssel mit der Zitrone im Maul, den er immer zu Silvester servieren ließ, und fand ihn gar nicht mehr lecker.

Siegfried war wieder rot angelaufen und schämte sich seiner Vorfahren.

Franziska sagte leise zu ihm: „Mach dir nicht so viel daraus, ich bin auf meine Verwandtschaft auch nicht besonders stolz." Sie dachte dabei an ihren Onkel, der Füchse, Hasen, Eulen und Fasane ausstopfte und mit Glasaugen versah und sie dann an Schulen verkaufte. Dort standen sie in Lehrmittelzimmern und verstaubten.

Klirren und Scheppern näherte sich dem Eingang. Hansi hatte sich mit Kochtöpfen, Bratpfannen, Salatschüsseln, Schneebesen, Essigflaschen, Krautköpfen, Hackmessern und Schneidebrettern beladen. Sogar ein Nudelwalker war dabei. Kurz, er hatte die halbe Küche mitgenommen.

„Ich ... ich habe vergessen, was das Zweite war ... darum ...", stammelte er verlegen.

Die Untertassen waren dabei, die Milch nicht. Es dauerte recht lange, bis man Hansi klargemacht hatte die Untertassen hier zu lassen, das restliche Gerät in die Küche zu schaffen und endlich die Milch zu bringen.

Der Pfähler stand abseits von den anderen an den Kaminsims gelehnt. Er kaute an einem neuen Knoblauchstängel, blickte finster und grübelte vor sich hin.

An ihn gerichtet sagte Baron Zahnfleisch: „Was Sie soeben im Jagdzimmer gesehen haben, ist gewiss nicht besonders appetitlich und wirft kein gutes Licht auf unsere Vergangenheit. Aber all dies ist lange vorbei und lässt sich nun einmal nicht ändern."

Er griff nach dem Glas und der Flasche mit Blutgruppe B, ließ es aber sein, als er den strengen Blick seiner Gemahlin und die weiterhin finstere Miene des Pfählers sah.

„Junger Mann", sagte etwas gereizt die Baronin, „nun hören Sie schon auf zu schmollen. Sie haben auch gar keinen Grund dazu. Wenn man bedenkt, wie verschwenderisch die Menschen mit ihrem eigenen Blut umgehen, finde ich es sehr merkwürdig, dass sie uns Vampiren ein gelegentliches Gläschen Menschenblut verwehren wollen. Denken Sie doch an all die Kriege, Revolutionen, Massenmorde und Hinrichtungen, in denen die Menschen ihr Blut vergießen. Blut, das nicht in Gläschen, Flaschen oder Fässern gemessen werden kann. Gigantische Ströme von Blut hat der Mensch im Lauf seiner Geschichte auf Schlachtfeldern versickern lassen und da erdreisten Sie sich ..."

Die Baronin hatte sich in Eifer geredet und hätte mit der Aufzählung menschlicher Grausamkeiten noch lange fortfahren können, wurde aber durch ein KLAPPEDIKLAPP! unterbrochen. Ein Gebiss mit spitzen Eckzähnen spazierte klappernd ins Zimmer. Vom Gang her hörte man die Urbaronin schelten.

„Ja, wirft du wohl! Fofort kommft du zu deinem Frauchen. Immer diefe Aufflüge auf eigene Fauft. Böfef Beiferchen!"

Zsa Zsa stürmte ins Zimmer, hinter ihrem Gebiss her. Nach einigen erfolglosen Haschversuchen gelang es ihr dann doch, den kleinen Ausreißer zu erwischen. Sie schob ihr Gebiss in den Mund und wie zur Strafe klappte sie die Zähne fest zusammen. Staub knirschte.

Zsa Zsa trug ein schulterfreies Outfit aus zartrosa Satin mit eingearbeitetem Goldlamé. Ein tiefroter Rüschenaufsatz aus Valenciennes-Spitze unterstrich vorteilhaft ihren blassen Taint.

„Ich bin doch hoffentlich nicht zu spät zum Tee?", fragte sie, als sie die peinlich berührten Mienen ihrer Familie sah.

Es krachte ohrenbetäubend. Ein Stück Wand war in den Raum gefallen. Eine Staubwolke wallte über den Fußboden, kroch die Wände hoch, verteilte sich über die Decke und senkte sich langsam auf die Anwesenden herab. Durch die Staubschwaden hindurch sah man Hansi in der Maueröffnung stehen. Er hatte den Eingang um einige Meter verfehlt, aber er hielt das Milchkännchen triumphierend in den Händen.

„Darf ich zum Tee bitten?", hüstelte die Baronin.

Artig goss Siegfried Tee in Franziskas Tasse. Franziska trank Tee in kleinen Schlucken, sah Siegfried tief in die Augen und sagte: „Ach, wie liebe ich eisgekühlten Tee."

Trotz des kalten Getränks wurde es Siegfried sehr warm.

Der Pfähler trank keinen Tee. Noch immer lehnte er am Kamin und finsterte vor sich hin. Plötzlich ging ein Ruck durch ihn und seine Augen bekamen einen fiebrigen Glanz. Er löste sich vom Kamin und kam mit langsamen, schweren Schritten auf den Tisch zu. Mit heiserer, leiser Stimme begann er zu sprechen. Der Knoblauchstängel in seinem Mundwinkel wippte.

„Ich hatte einst einen Bruder. Er war einige Jahre älter als ich und wir mochten einander sehr. Vor einigen Jahren, auf einer Reise durch Transsylvanien, verschwand er spurlos. Seine Spuren endeten hier in dieser Gegend. Nie mehr habe ich von ihm etwas gehört.

Seit dieser Zeit treibe ich mich als Vampirkopfgeldjäger in den entlegensten Winkeln Transsylvaniens herum und suche nach ihm – oder besser, nach seinem Mörder. Denn dass er ermordet wurde, steht für mich fest. Bisher war meine Suche erfolglos. Doch nun ... nun habe ich seine Spur gefunden."

Anklagend zeigte der Pfähler auf den Sims über dem Kamin. „Sehen Sie den Ring dort, den mit dem großen Blutstein?"

Alles blickte zum Kaminsims. Tatsächlich lag dort ein Ring aus Silber, an dem ein grauschwarzer Hämatit funkelte.

Der Pfähler flüsterte fast unhörbar: „Das war der Ring meines Bruders.“

Die darauf folgende Stille war so gewaltig, dass man das Schnarchen des Kutschers in der weit entfernten Empfangshalle vernehmen konnte.

„Und Sie, Baron Zahnfleisch“, brüllte jetzt der Pfähler, „Sie besitzen den Ring meines Bruders, Sie haben meinen Bruder auf dem Gewissen, Sie haben sein Blut getrunken! – Sie sind sein Mörder! – Und dafür werden Sie bezahlen!“

Das rötliche Schimmern in den Augen des Barons war stärker geworden. Ungestüm sprang er auf. Sein Stuhl kippte um. Schon schien es, als wollte er sich wutschnaubend auf den Pfähler stürzen. Doch Siegfried hielt ihn an der Schulter zurück und Valeska tätschelte begütigend die Hand ihres Gemahls.

„Denk an deinen Blutdruck, Vladimir“, sagte sie.

Der Baron gewann seine Fassung wieder, richtete sich hoch auf und sagte mit schneidend scharfer Stimme: „Herr Tom von Tex und Pfähler, auf Ihre absurden Anschuldigungen werde ich erst gar nicht antworten. Doch die Beleidigungen, mit denen Sie mich und meine Familie besudelt haben, die können nur mit Blut abgewaschen werden!“

Der Baron war sehr stolz auf seine kleine Rede, besonders auf den letzten Satz. Doch um zu einem effektvollen Abschluss zu kommen, fehlte ihm ein Handschuh, den er dem Pfähler entgegenschleudern konnte. Er suchte vergeblich in seinen Taschen und nahm schließlich einen Hausschuh, den er dem Pfähler zu Füßen warf. Fehdehandschuh oder Fehdehausschuh, auf kleinliche Unterschiede sollte es in dieser dramatischen Situation nicht ankommen.

Der Pfähler betrachtete den Pantoffel und sagte gedehnt: „Ah, ein Duell?“

„Jawohl, mein Herr, ein Blutduell!

„Zu welchen Bedingungen?“

„Auf Leben und Tod.“

„Welche Waffe?“

„Jedem die seine.“

„Um welche Zeit?"

„Um Mitternacht", zischte Baron Zahnfleisch und ließ seine spitzen Fangzähne aufblitzen.

Nachdem der kleine Mann mit den dicken Brillen und dem Schirmfragment in beiden Fäusten in die schleimig-grüne Brühe des Burggrabens geplatscht war, sank er tief.

Es dauerte lange, bis er wieder auftauchte. Er war mit grünen Algen und anderen Wasserpflanzen behangen und schnappte nach Luft. Eine Seerose hatte sich in seinem Bart verfangen, eine Sumpfdotterblume schmückte sein Ohr und Wasserlinsen klebten in seinem Gesicht. Der Frosch, der auf seinem Hut saß, lachte sich schief.

Schwimmend, so gut man eben in dicker Gemüsesuppe schwimmen kann, erreichte der Mann das Ufer. Er betastete die steilen Wände des Burggrabens. Sie waren glatt und unbesteigbar. Verzweifelt versuchte er sich irgendwo festzuhalten. Seine Hand fand keinen festen Griff am glitschigen Stein.

Gab es kein Entrinnen aus diesem grünen, stinkenden Morast? Sollte dieser geschundene Mensch, so kurz vor seinem Ziel, hier elendiglich sein grausiges Ende finden?

Er sollte nicht. Er fand eine Öffnung im Fels. Keuchend schob er sich hinein und kroch auf allen vieren in den niedrigen Gang. Hinter sich zog er einen langen, nassen Schlepp giftgrünen Wassergemüses her. Vor ihm huschten Ratten und manchmal streifte ihn der Flügel einer aufgeschreckten Fledermaus.

Am Ende des Ganges fand er eine Tür mit rostigen Eisenstäben. Dahinter befand sich ein kleines Kämmerchen mit zwei großen Hebeln. Bei einem stand „hinauf", beim anderen „hinab". An der Tür hing ein Schild: „Aufzug außer Betrieb".

Der Mann stöhnte. Neben dem Aufzug ertastete er die steinernen Stufen einer Wendeltreppe, die steil nach oben führten.

Der Erschöpfung nahe, aber von einem unbezwingbaren Willen angetrieben, begann der kleine Mann die hohen Stufen zu

erklettern. Im Kreis gehend schraubte er sich langsam höher und höher und höher. Ab der achthundertdreiundsechzigsten Stufe peitschte er sich durch militärische Kommandos weiter: „Links – zwo – drei – vier, links – zwo – drei – vier, links ..." oder „Zicke zacke, Hühnerkacke, hoi, hoi, hoi ..."

Von Stufe eintausendsiebenhundertachtundvierzig weg half nur mehr gutes Zureden: „... und dieses Stufchen für die liebe Tante Frieda und jenes für unser Omili und das da für Minka, dein kleines Kätzchen ..."

Nach dreitausendfünfhundertsechsundvierzig Stufen sang er „Im Frühtau zu Berge wir ziehn, fallera ...“ Eine Strophe für jede Stufe.

Bei Stufe siebentausendfünfhundertzweiundfünfzig stolperte er über ein menschliches Gerippe. Es gehörte einem Tiroler Bergsteiger, der bei der Erstbesteigung der Wendeltreppe aus Konditionsmangel aufgeben musste.

Ab der zwölftausendeinhundertachtundzwanzigsten Stufe wurde die Luft dünn. Doch der Mann stieg höher und höher und höher ...

Der Beißer steuerte im Blindflug auf Schloss Zahnfleisch zu. Die Luftturbulenzen beutelten ihn ordentlich durch und die häufigen Airpockets, in die er sackte, ließen ihn oft gefährlich an Höhe verlieren.

Trotzdem lächelte er. Er lächelte in seiner grausamen Art. Dabei dachte er an seine wilde Horde, die später nachkommen und leichtes Spiel haben sollte, die Burg zu stürmen, um dann ihre blutige Orgie zu feiern. Und er sollte dazu die Vorbereitungen treffen.

Der Beißer lachte laut auf.

Arme, arglose Narren! Die mussten schon wirklich hirnverbrannt und erzverblödet sein, ihm das abzunehmen. Warum sollte er die feinsten Leckerbissen diesem abgestumpften Haufen überlassen? Er war der Boss und der Boss wählt und nimmt sich, wonach ihm gelüstet. Blieb dann noch was übrig – meinetwegen, sollten sie sich um die blutigen Reste raufen.

Schon seit einigen Nächten waren der Beißer und sein immer hungriger Anhang der Kutsche gefolgt und dank Wanjas Nase wusste der Boss um die Beschaffenheit seines Festschmauses Bescheid. Als Vorspeise würde er sich zunächst die junge Dame vornehmen. Schon deswegen konnte er den Rest seiner Bissgesellen nicht dabeihaben. Die Eifersüchteleien von Vampana, wenn er junge Mädchen vernaschte, konnten ihm den ganzen Appetit verderben. – Die um ein paar Jahre ältere Begleiterin des Mädchens würde er sich als Hauptmahlzeit gönnen. Sportliche Typen haben immer etwas Erfrischendes an sich. – Den Dicken, na gut, den könnte er sich später als Nachtisch mit Vampana teilen, wenn ihr schon so viel daran gelegen war. Sie würde ihm diese ausgesprochen großzügige Geste hoch anrechnen. – Aus dem dünnen, knochigen Typen und dem Kutscher machte er sich nicht viel. Um die sollten sich seine gierigen Kumpane streiten. Etwas musste ja auch für sie abfallen, wenn er die Wüstlinge bei der Stange halten wollte.

Seit einiger Zeit schon, wenn der Beißer an seine Bande dachte, überkam ihn ein Gefühl von Abscheu und Wut. Diese speichelleckerische Unterwürfigkeit des Werwolfs! Dieses hysterische Gekreische von Zwerg Zahn! Die ewigen Streitereien und Prügeleien um Beute und Rang. Und diese ekligen Manieren! Er selbst war zwar auch kein Musterknabe in Sachen Höflichkeit und feine Sitten, aber das dauernde Sabbern, Schlürfen, Fauchen und Trenzen wurde ihm langsam zuviel. Seine Bande begann ihm auf die Nerven zu gehen. Irgendwann würde er sich von dem Haufen trennen müssen. – Und Vampana ...? Na ja, er würde sehen ...

Er wandte sich wieder seiner gegenwärtigen Aufgabe zu. Schloss Zahnfleisch. Würden die Bewohner dieser Bruchbude für ihn ein ernstliches Hindernis bilden?

Diese degenerierte Aristokratensippe – wie hießen die doch gleich ... ach ja, die Zahnfleischs. Den Chef dieses Clans durfte er nicht unterschätzen, obgleich der alternde Typ bereits ein Bäuchlein ansetzte. Aber seine Beißwerkzeuge waren vielleicht noch scharf und gefährlich. Andererseits war dieser unsportliche Weichzahn sicherlich total aus dem Training und hatte keine Ahnung von modernen, vampirischen Kampfsportarten. Er, der Beißer, war immerhin stolzer Besitzer des schwarzen Gürtels in Bei-Sun-Dsaug. – Und der Sohn von diesem Baron? Nein, den konnte man einfach nicht für voll nehmen. Ein Vampir mit gelben Haaren! Da lachen ja die Fledermäuse. – Wegen dieser kleinkarierten Vampirsofties brauchte sich er, der gefürchtete Beißer, keinen grauen Zahnstein wachsen zu lassen. Ein Feuerwerk an Blitzen erleuchtete Schloss Zahnfleisch und erleichterte dem Beißer die Landung. Nicht, dass er eine beleuchtete Landepiste gebraucht hätte, aber der helle Schein der Blitze ermöglichte es ihm mit einem formvollendeten, federweichen Touchdown aufzusetzen. Es tat ihm schon Leid, dass kein Publikum seine fliegerische Glanzleistung würdigen konnte, da rutschte ein loser Dachziegel unter ihm weg. Der Beißer rutschte mit. Dann fiel er, dann rollte er. Und dann kam das Ende des Daches. Ein verzweifelter Griff nach einem steinernen Wasserspeier rettete ihn vor dem Sturz in den Abgrund.

Da hing er nun wie unter einem rinnenden Wasserhahn. Nicht der Wasserfall, der ihn umspülte, störte ihn. Nass war er ja ohnehin. Es war auch nicht der Abgrund, der unter ihm gähnte. Als Flugass war er schwindelfrei. Es war vielmehr die Lächerlichkeit der Situation, in der er sich befand, die ihn zur Weißglut brachte. Lächerlich zu sein war das Schrecklichste, das ihm passieren konnte. Lieber wollte er Vegetarier werden oder Abendkurse für Säuglingspflege besuchen als der Lächerlichkeit preisgegeben zu sein. Dazu kam, dass das Gesicht des Wasserspeiers, an dem er hing, Ähnlichkeit mit Zwerg Zahn hatte. Das sollte dieser lächerliche Typ bei nächster Gelegenheit büßen. Für den Augenblick war der Beißer froh, kein Publikum um sich zu haben.

Gewandt turnte er am Speier hoch, kletterte über das Dach und hielt vor einer offenen Luke. Er nahm die dunklen Brillen ab, entledigte sich der sperrigen, großen Flügel und schlüpfte ins Innere von Schloss Zahnfleisch. Seine schlechte Laune war schlechter als schlecht.

Mimi, die Haus- und Hoffledermaus, wünschte sich ein Haus- und Hofhund zu sein. Dann könnte sie laut bellen und müsste sich nicht immer wieder flatternd auf den langen Weg machen, um ihrem Herrn einen neuen Gast zu melden. Sie hasste Nächte mit regem Parteienverkehr.

Das vierte Kapitel heißt

„AUF DEM ZAHNFLEISCH“,

weil das kürzer ist als „VAMPIRKOPFGELDJÄGERWIEDEREINFÄNGER“.

In diesem Kapitel wird eine neue Person vorgestellt – es ist nun schon die dreiundzwanzigste. Außerdem bedient sich hier der Erzähler der Geschichte eines sehr gemeinen Tricks, indem er das Kapitel genau dort abschließt, wo es am spannendsten ist. Damit will er den gähnenden Leser und die schlafbedürftige Leserin zwingen weiterzulesen, obwohl es schon viel zu spät ist und das Licht am Nachttisch ohnehin längst abgedreht sein sollte.

Um mehr Platz für das Duell zwischen dem Baron und dem Pfähler zu haben, hatte sich die ganze Gesellschaft in den großen Empfangssaal begeben.

Die Baronin redete auf ihren Gemahl ein, um ihn vom Duell abzubringen. Sie führte seinen hohen Blutdruck, seinen Konditionsmangel und die Gefährlichkeit dieses Kampfes an. Sie sprach von Rückfall in barbarische Sitten, von Geschmacklosigkeit und dass es für sein Alter kindisch, lächerlich und außerdem unter seiner Würde sei, sich in eine gemeine Prügelei einzulassen.

Nichts half. Der beleidigte Baron sagte nur von oben herab: „Davon verstehst du nichts, Valeska. Das ist Männersache. Es ist meine Pflicht, die Ehre unserer Familie zu retten." – Wieder ein Satz, auf den Baron Zahnfleisch sehr stolz war.

Valeska warf resignierend die Hände in die Höhe und murmelte so etwas wie „alter, vertrottelter Macho", aber das konnte niemand genau verstehen.

Auch Siegfried versuchte seinen Vater zu überreden von seinem Vorhaben abzulassen. Er schlug vor die Sache in Ruhe zu besprechen, bat ihn sein Leben als Vater und Familienoberhaupt nicht aufs Spiel zu setzen und dem Pfähler ganz einfach zu verzeihen.

Der Baron schüttelte den Kopf und sagte väterlich streng: „Das verstehst du nicht, mein Sohn. Dazu bist du noch zu jung. Ich versuche nur die Ehre unserer Familie wiederherzustellen."

Selbst Herr Blünzli, den die Sache eigentlich nichts anging, legte sich ins Zeug, um den Baron umzustimmen. Er führte geschäftliche Gründe an wie Unfall- und Lebensversicherungen und dass so eine Blutspritzerei keine gute Werbung sei und den guten Ruf des Hauses schädige. Auch ihm wurde beschieden, dass er davon nichts verstünde, weil er kein Vampir sei, und dass dies eine Sache der Familienehre sei.

Lediglich Urbaronin Zsa Zsa, die, der Okkasion entsprechend, in ein blutrotes, knöchellanges Samtkleid geschlüpft war, klopfte ihrem Sohn auf die Schulter und ermunterte ihn: „Recht so, Vladi! So ein Blutduell ist noch nach echter, unverfälschter

Vampirart. Ich bin stolz auf dich. Und das wäre auch dein herrlicher Urgroßvater, Zahn van der Hals, gewesen. Zeig's ihnen und gib diesem Pfähler Saures! Ich halte dir die Daumen."

Mademoiselle Chicbinié sah die Sache von der sportlichen Seite. Irgendwo hatte sie eine Stehleiter gefunden und saß nun auf deren Spitze wie ein Schiedsrichter bei einem Tennismatch. Sie wollte sich kein Detail entgehen lassen.

Der Kutscher am Kleiderhaken hatte keine Meinung zu dem Thema, er schlief.

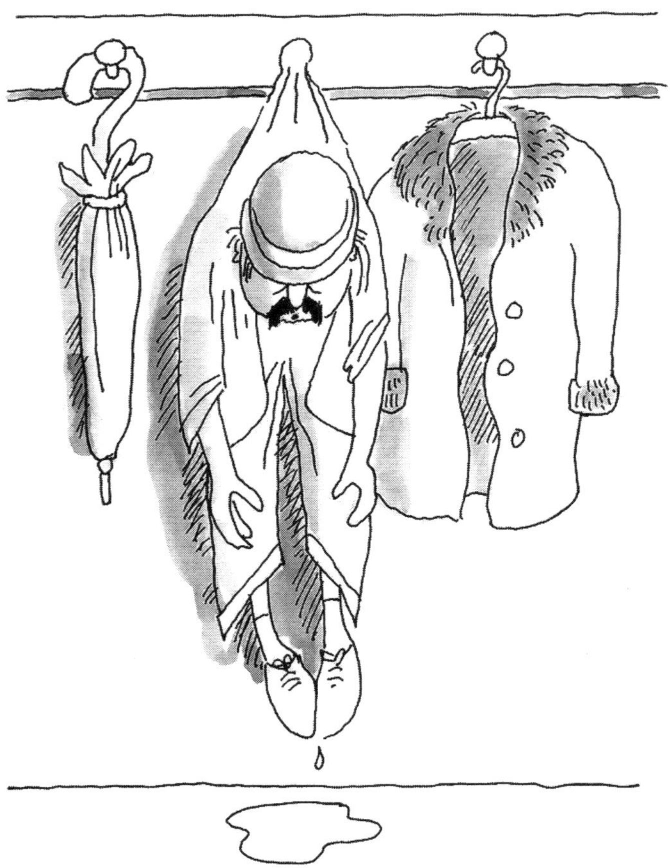

Hansi brachte einige Arme voll Kerzen, um den Kampfplatz zu erleuchten. Jede hatte die Größe eines Baumstamms, dennoch blieb der Großteil des riesigen Saals im Dunklen.

Die zwei Duellanten bereiteten sich schweigend auf den Zweikampf vor.

Der Pfähler entnahm seiner Tasche einen breiten Gürtel mit tief hängendem Colthalfter. Er schnallte den Gürtel um und befestigte das untere Ende des Halfters mit einem Lederriemen am Bein.

Der Baron legte den Rock ab und ließ sich ein Paar große, schwarze, seidig glänzende Vampirflügel auf den Rücken schnallen. Versuchsweise machte er einige Flügelschläge. Der Luftzug war so gewaltig, dass ein Dutzend Kerzen verlöschte und die Gouvernante fast von der Stehleiter geblasen wurde.

Der Pfähler holte aus seiner Tasche einen überdimensionalen Colt hervor. Er steckte ihn in das Halfter, zog ihn einige Male blitzschnell zur Probe und ließ die Waffe am Abzugsbügel um den Finger rotieren. Es sah sehr eindrucksvoll aus.

Baron Zahnfleisch lächelte kalt. Er zog aus der Westentasche eine kleine Feile und gab seinen ohnehin rasiermesserscharfen Fangzähnen den letzten Schliff. Zur Überprüfung der Schärfe biss er ein Loch in die Stahlfeile – mühelos, als ob sie aus Käse wäre. Bewunderungsheischend blickte er ins Publikum.

Unbeeindruckt öffnete der Pfähler eine Flasche mit Weihwasser, tauchte sechs zugespitzte Eichenpfähle darin ein und schob sie in die Trommel des Colts. Er ließ die Trommel spinnen, um deren reibungsloses Funktionieren zu überprüfen. Einige weitere Pfählchen steckte er zum Nachladen in die Schlaufen an seinem Gürtel.

Der Baron schnaubte verächtlich. Er ließ sich von Hansi eine mit schwarzem Plüsch überzogene Stahlplatte um die Brust gürten. Es war eine sogenannte pfahlsichere Weste.

Der Pfähler band sich ein breites Lederband, das an der Außenseite mit Eisenspitzen besetzt war, um den Hals. Bissschutzhalsband nannte er es.

Der Baron machte einige Kniebeugen zum Aufwärmen.

Der Pfähler zog einen schwarzen Lederhandschuh mit abgeschnittenen Fingern über die Colthand.

Der Baron krempelte sich die Hemdsärmel auf.

Der Pfähler steckte sich einen frischen Knoblauchstängel in den Mundwinkel.

Das Duell konnte beginnen.

Irgendwo schlug eine Uhr zwölf. Herr Blünzli blickte auf seine Taschenuhr und nickte zustimmend. In die angespannte Stille hinein sagte der Kutscher: „Hü hott!", und schlief auch schon wieder.

Als wäre dies das Zeichen zum Beginn gewesen, duckte sich Baron Zahnfleisch, spreizte die schwarzen Flügel, fletschte die Zähne und ging langsam auf seinen Gegner zu. Seine Augen leuchteten rot.

Langsam, fast lässig bewegte sich auch der Pfähler auf den Baron zu. Wie die Klaue eines Raubvogels hing seine Hand über dem Coltgriff, bereit blitzartig hinunterzustoßen und zu ziehen. Er ging aufrecht, hielt nur den Kopf leicht gesenkt und hatte die Augen zu engen Sehschlitzen zusammengezogen.

Jeder ihrer Schritte hallte und wirbelte Staub auf. Noch waren sie zweihundert Meter voneinander entfernt.

Dann hundert.

Dann fünfzig.

Dann fünfundzwanzig.

Dann zwölfeinhalb.

Dann sechseinviertel.

Dann klopfte es am Haupteingang.

Die mühsam aufgebaute Spannung war beim Teufel. Das Duell auch. Der Baron murmelte, dass man aber schon bei gar nichts seine Ruhe hätte, und die Baronin forderte Hansi auf:

„Sieh nach, wer da ist! – Und wenn es ein Staubsaugervertreter ist, lass ihn erst gar nicht herein."

Es war kein Staubsaugervertreter. Es war ein kleiner Mann mit dicker Brille auf der Nase und einem Regenschirmstock in beiden Händen. Er war mit verschiedenen, leider schon etwas verwelkten Wasserpflanzen geschmückt und ging vor dem Tor in kurzen, aber hochgezogenen Schritten im Kreis. Dabei murmelte er: „... siebenundzwanzigtausendachthundertvierzehn, siebenundzwanzigtausendachthundertfünfzehn, siebenundzwanzigtausendachthundertsechzehn ..."

Der Baron warf einen kurzen Blick in den Burghof. Er wusste Bescheid. Eine Steinplatte am Boden war zur Seite gerückt. Darunter waren Stiegen zu sehen, die in die Tiefe führten.

„Aha", sagte er, „ein klarer Fall. – Das Wendeltreppensyndrom."

Er packte den noch immer Kreisenden bei den Schultern und wirbelte ihn wie einen Kreisel in die entgegengesetzte Richtung. Als der Mann zum Stillstand kam, wirkte er etwas benommen, aber seine Drehkrankheit schien kuriert. Baron Zahnfleisch bat ihn einzutreten.

„Darf ich mich vorstellen", sagte der kleine Mann, „Doktor Gummsky Zelleskovitch, Direktor des regionalen Irrenhauses."

„Nein!", sagte laut und sehr bestimmt eine weibliche Stimme.

Alle blickten zu Mademoiselle Chicbinié, die noch immer auf der Stehleiter saß.

„Was heißt hier nein?", fragte Herr Blünzli.

„Chéres dames, chéres messieurs", sagte die Gouvernante mit entschlossener Stimme, „ich habe für heute genug Vorstellungen gemacht. Ich weigere mich ganz einfach, jedem Einzelnen von Ihnen den Herrn Gummsky Zelleskovitch, Direktor des regionalen Irrenhauses, vorzustellen und jeden Einzelnen von Ihnen dem Herrn Gummsky Zelleskovitch, Direktor des regionalen Irrenhauses, bekannt zu machen. Ohne Hansi und dem Kutscher ergäbe dies sechzehn ‚Darf ich vorstellen ...' – Ersparen Sie mir das, s'il vous plait.

Übrigens, könnten wir nicht mit dem Duell weitermachen? Es war gerade so spannend."

An das Duell war vorerst nicht zu denken, aber die Vorstellungsprozedur ging auch ohne die Gouvernante ganz gut über die Bühne.

„Willkommen auf Zahnfleisch“, sagte Baron Zahnfleisch.

„Besten Dank“, sagte der Doktor. „Es stimmt schon, dass ich auf dem Zahnfleisch bin. Kein Wunder bei den vielen Treppen! Aber wieso ist Ihnen das willkommen?“

„Jeder anständige Mensch ist auf Zahnfleisch willkommen.“

„Anständig bin ich ja, aber wenn ich Sie richtig verstehe, meinen Sie, dass ich nicht willkommen wäre, wenn ich nicht auf dem Zahnfleisch wäre.“

„Mein lieber Herr Doktor“, erklärte der Baron verwundert, „wie könnte ich Sie willkommen heißen, wenn Sie sich nicht auf Zahnfleisch befänden?“

„Mein lieber Herr Baron“, sagte der Doktor nun schon leicht ärgerlich, „wieso muss ich denn auf dem Zahnfleisch sein, um Ihnen willkommen zu sein?“

„Aber das ist doch logisch“, rief nun der Baron leicht verstimmt. „Ich bin auf Zahnfleisch. Sie sind auf Zahnfleisch. Also kann ich Sie ...“

„Das ist überhaupt nicht logisch“, schrie der Doktor. „Was spielt es denn für eine Rolle, dass Sie auf dem Zahnfleisch sind und ich auf dem Zahnfleisch bin ...“

Mit offenem Mund hielt er inne, schlug sich mit der flachen Hand gegen die Stirne und begann schallend zu lachen. Nun erkannte auch der Baron die Ursache ihres Missverständnisses und brach ebenfalls in befreiendes Gelächter aus. Der Rest der Gesellschaft stimmte ein.

Hansi lachte nicht. Der Kutscher auch nicht, der schlief ja.

Nachdem Hansi einige Sofas und Stühle besorgt hatte, machte man es sich in der Eingangshalle bequem und während Doktor Gummsky Zelleskovitch seine Brille putzte, erklärte er den Grund seines Besuches.

„Sehen Sie, in meiner Anstalt habe ich es natürlich mit den sonderbarsten Fällen von Geisteskrankheiten zu tun. Ein Fall jedoch, er wurde erst kürzlich eingeliefert, übertrifft alles, was mir in meiner langjährigen Berufspraxis untergekommen ist. Dieser Patient, bitte lachen Sie jetzt nicht, glaubt tatsächlich an die Existenz von Vampiren. Sie werden dies zwar nicht für möglich halten, aber so ist es."

„Aber ...", wandte Franziska ein.

„Jetzt nicht, junge Dame", sagte der Doktor, „für Fragen werde ich Ihnen am Ende meiner Ausführungen Gelegenheit geben. – Wie gesagt, dieser Mensch glaubt an Vampire. Nun, in meiner Anstalt habe ich Patienten, die an Osterhasen, an den Storch und an fliegende Untertassen glauben. Alles harmlose Fälle – ungefährliche, arme Narren. Dieser Vampirbesessene jedoch ist äußerst gemeingefährlich. Seine Wahnvorstellungen bringen ihn dazu, dass er versucht zugespitzte Holzpfähle ins Herz anderer Menschen zu stoßen. Sie sehen, so etwas kann man nicht frei herumlaufen lassen ..."

„Aber ...", unterbrach Franziska, wurde jedoch gleich wieder vom Doktor unterbrochen.

„Nur noch einen Augenblick Geduld, gnädiges Fräulein, ich bin gleich am Ende. – Ich hielt diesen Patienten also gut verwahrt: Gummizelle, Zwangsjacke und gelegentliche Beruhigungsspritzen. Aber es gelang ihm, fragen Sie mich nicht wie, aus der Anstalt zu entkommen. – Ich erachte es selbstverständlich als meine Pflicht, den Besessenen wieder einzufangen, ehe er größeren Schaden unter der Bevölkerung anrichten kann. Er hält nämlich jede Person, die von blasser Hautfarbe ist oder vielleicht einen schiefen Eckzahn hat oder deren Augen wegen einer Entzündung leicht gerötet sind, für einen Vampir – jenes Fabelwesen, wie Sie vielleicht wissen, das Sagen und Märchen bevölkert. Dann stürzt er sich mit einem spitzen Pfahl ...“

„Aber ...“, versuchte es Franziska wieder.

„Ich weiß“, fuhr der Doktor fort, „dass Sie als aufgeklärte junge Person dies alles nicht glauben können, doch hören Sie mich fertig an. – Um es kurz zu machen: Ich habe Grund zur Annahme, dass sich dieser Wahnsinnige hier in der Gegend, vielleicht sogar auf diesem Schloss herumtreibt. Er heißt Tom Tex und nennt sich der *Pfähler*. Er gibt sich als Vampirkopfgeldjäger aus.“

„Ich bin also“, fügte der Doktor scherzend hinzu, „sozusagen Vampirkopfgeldjägerwiedereinfänger.“

Franziska platzte heraus: „Tom Tex der Pfähler ist hier, aber ...“

„Wo?“, rief der Doktor und zog aus seiner Rocktasche eine lange Beruhigungsspritze.

Man blickte sich um.

Der Pfähler war verschwunden.

Da begann Hansi zu brüllen. Tief und laut. Erschrocken zuckten die Gäste zusammen und blickten auf den Tobenden.

Einige Kerzenflammen flackerten und erloschen unter dem Luftstrom seines Gebrülls. Hansi wand sich und hielt sich den Bauch und konnte sich einfach nicht beruhigen.

„Was gibt’s da zu lachen, Hansi?“, fragte der Baron und den Gästen erklärte er: „So lacht er immer.“

Hansi setzte mehrmals zum Sprechen an, wurde aber immer wieder durch einen neuen Anfall unterbrochen.

„Die Sache ... mit ...“

Neuerlich verschlug ihm sein Gelächter die Rede. Er versuchte es nochmals.

„Die Sache mit ... Schloss Zahnfleisch und auf dem Zahnfleisch ..."

Wieder brüllte Hansi los und schlug sich auf den Oberschenkel.

„Das war wirklich zu witzig!", gurgelte er und wischte sich sie Tränen aus den Augen.

„Hansi macht wirklich Fortschritte", meinte die Baronin zu ihrem Gemahl, „bisher lachte er erst nach zwei Wochen über einen guten Witz."

Obwohl Hansi noch lange weiterlachte, bohrte die bange Frage in den Köpfen aller: Wo war der Pfähler?

Ja, wo war nur der Pfähler geblieben?

Beim Erscheinen von Doktor Gummsky Zelleskovitch hatte Tom Tex die neue Situation nüchtern kalkuliert und blitzschnell eine Entscheidung getroffen. Er hatte sich einen Kerzenleuchter geschnappt und war in der Dunkelheit des riesigen Saales verschwunden.

Der Pfähler war kein Feigling. Er war Realist. Er hatte erkannt, dass er zwischen zwei Fronten geraten war. Auf der einen Seite Baron Zahnfleisch, dessen messerscharfe Zähne nicht zu unterschätzen waren, auf der anderen Seite der Doktor, ein wahrer Meister im schnellen Umgang mit der spitzen Beruhigungsspritze. Das wusste der Pfähler aus schmerzlicher Erfahrung. Er hasste Spritzen. – Aus strategischen Überlegungen also zog sich der Pfähler einstweilen aus dieser Situation zurück.

Man kann nicht sagen, er hätte sich aus dem Staub gemacht. Denn je weiter er sich von den häufig begangenen Pfaden des Schlosses entfernte, desto dicker wurde die Staubschicht, die den Boden bedeckte. Als er das Ende des Saales erreichte, watete er knöcheltief im Staub.

Tom Tex betrat einen der vielen Gänge, die vom Saal wegführten. Hier reichte der Staub bis an die Knie. Bei einigen Abschnitten versank er noch tiefer im Staub, sodass er den Colt wie bei einer Flussdurchquerung hoch über den Kopf halten musste, damit die Waffe funktionstüchtig blieb.

Wie fein gewobene Vorhänge hingen Spinnweben von der Decke und von den Wänden, so dicht, dass der Pfähler manchmal Mühe hatte sich einen Weg zu bahnen. Er ging vorbei an Möbelstücken, die von Holzwürmern zerfressen waren und bei der geringsten Berührung zu Staub zerfielen. Dunkle Gemälde an den Wänden zeigten, wenn sie nicht von Spinnwebschleiern verdeckt waren, Vampirfratzen mit langen, blutigen Zähnen. Oft musste Tom Tex über zerbrochene Statuen aus schwarzem Marmor klettern, die manche Gänge blockierten.

In einem großen Saal, es musste sich um das längst vergessene Fitnesscenter des Schlosses handeln, standen Geräte mit wuchtigen Fledermausflügeln, an die man noch zusätzliche Gewichte hängen konnte. An die Geräte waren Messanzeigen angeschlossen, an denen offensichtlich der Benutzer seine Kondition für Langstreckenflüge überprüfen konnte. Wie Sandsäcke hingen menschengroße Puppen von der Decke. An ihren Hälsen waren Zielscheiben befestigt. Die zwei schwarzen Zielpunkte lagen genau über der Halsschlagader, die mit einer roten Linie markiert war.

Auf seiner Wanderung durch das Labyrinth von Gängen, Hallen, Treppen und Räumen stieß der Pfähler auch auf eine Bibliothek. Von der Decke bis zum Boden standen in Nischen dicke, in Leder gebundene Bände. Einige Stellagenbretter waren morsch und viele Bücher lagen verstreut am Boden.

An dieser Stelle muss angemerkt werden, dass der Pfähler trotz seiner ungehobelten Manieren und seines rauen Äußeren ein sehr zartfühlender und sensibler Mensch war, der besonders Bücher über alles liebte. So konnte er nicht umhin einen Blick auf einige der Titel zu werfen.

Große Staubwolken von einzelnen Exemplaren blasend, entdeckte er wahre Schätze für den Freund seltener Bücher: „Das große Buch der Fledermausdressur“, „Blutrausch – ein Gourmet-Führer durch Einbissstuben und Blutschenken Transsylvaniens“, „Die Uhr schlug Mittag – Gruselgeschichten für Kleinvampire“, „Von der Tollkirsche zum Gallapfel – ein Bio-Kochbuch zur gesunden, vampirischen Ernährung“, „Gebt dem Vampir am Klavier noch ’n Bier! – Liedersammlung für festliche Blutgelage“.

Eben wollte sich Tom Tex in das Bändchen „Einibiss’n und aussag’saugt – Mundartgedichte aus den Südkarpaten“ vertiefen, als er von irgendwo her gedämpfte Schritte vernahm. Schnell schob er das Buch zurück zwischen das „Lexikon der

Werwolfrassen“ und das „Handbuch der Blutegelzucht“. Schweren Herzens verließ er eiligst die Bibliothek. Dabei wäre er fast über den Prachtband „Erste Hilfe bei Pfählungen“ gestolpert.

Staub aufwirbelnd hastete Tom Tex weiter durch enge Gänge. Ständig musste er sich Büschel von Spinnweben aus dem Gesicht wischen, um etwas freie Sicht zu haben. In einem niedrigen Gewölbe hielt er an und lauschte.

Der Raum war mit Särgen gefüllt. Nebeneinander und übereinander lagen die hölzernen Totentruhen. Bis auf wenige Knochenreste schienen sie leer zu sein. Der Holzwurm und der Zahn der Zeit hatte den einst prächtigen Särgen arg mitgespielt. Bei einigen fehlte der Deckel, bei anderen der Boden oder Teile der Seitenwände. Und wie überall: Staubdecken und Draperien von Spinnengewebe.

Jetzt hörte der Pfähler wieder die dumpfen Schritte. Sie schienen sich dem Gewölbe zu nähern. Er stellte den Kerzenleuchter auf einem Sarg ab und vergewisserte sich, dass sein Colt locker im Halfter saß. Dann wartete er mit angehaltenem Atem.

Krachend sprang am anderen Ende des Gewölbes eine Türe auf. In eine Staubwolke gehüllt erschien groß und breitbeinig – der Beißer.

Das fünfte Kapitel heißt

„ZWERG ZAHN REIST VIERTER KLASSE"

In diesem Kapitel werden endlich Vollmond und Nebelschwaden eingeführt, was auch höchste Zeit wurde. Einige weitere Personen werden vorgestellt. Das bringt den Personalstand auf satte neunundzwanzig. Gegen Ende des Kapitels steuert die Handlung einem weiteren Höhepunkt zu. Das ist äußerst gemein, weil man doch morgen früh zeitig aus den Federn muss.

Die Pfarrersköchin hob die Bratpfanne. Der Zug der Bauern und Dorfleute kam schnaufend zum Stehen. Die Köchin verordnete diese kleine Rastpause, weil sie durch den steilen Anstieg zum Schloss in arge Atemnot geraten war und weil ihre Truppe Kraft sammeln sollte, bevor sie zum entscheidenden Sturm auf Schloss Zahnfleisch ansetzte.

Der Regen hatte etwas nachgelassen. Zwar donnerte und blitzte es noch in der Ferne, doch schon versuchte der Mond durch die dunklen Wolken zu brechen. Man stand da, stützte sich auf die Waffen, fröstelte und grübelte vor sich hin.

Der glühende Eifer der ersten Stunde war erkaltet und verraucht. Gewiss, diese Vampire von Schloss Zahnfleisch waren eklig und unheimlich, aber eigentlich ließen sie die Bewohner des umliegenden Landes im Großen und Ganzen in Ruhe. Wenn Vieh geschlachtet wurde, konnte man mit ihnen sogar ganz gute Geschäfte abschließen. Für Blut, Blutwurst und dergleichen ließen sie sich nicht lumpen.

Von Zeit zu Zeit jedoch brauste der Volkszorn auf. Wenn es zu einer Anhäufung von Unglücksfällen kam wie Hagelschäden, Überschwemmung oder Schweinepest, dann brauchte es nur mehr ein abgerissenes Schuhband, einen zerbrochenen Nachttopf oder eine verschwundene Wärmeflasche, um das Fass zum Überlaufen zu bringen. Dann suchte man jemanden, dem man die Schuld geben konnte. Man gab sie den Vampiren. Genauso gut hätte man seine Wut auch bei einer Wirtshausrauferei abreagieren können. – Deshalb unterstützte auch der Dorfwirt diesen Rachefeldzug nach Schloss Zahnfleisch. Dies schonte sein Wirtshausmobiliar und die Bierkrüge.

Nicht mehr sehr weit entfernt stand Schloss Zahnfleisch in aufsteigenden Nebel gehüllt. Selbst dem Totengräber wurde es ein bisschen gruselig. Unsicher geworden fragte er leise: „Wo haben Vampire eigentlich ihr Herz?“

Der Lehrer drehte sich um und flüsterte: „Genaues weiß man nicht. Aber in einem Buch habe ich gelesen, dass es dort sein soll, wo bei uns die Leber ist.“

„Aha", sagte der Totengräber, „dachte ich's mir doch, dass sie das Herz nicht am rechten Fleck haben. – Das muss man auch den anderen sagen, damit sie in die richtige Stelle stechen."

Er wandte sich um und flüsterte dem Gemeindesekretär ins Ohr:

„Bei Vampiren ist das Herz dort, wo wir die Leber haben. Weitersagen!"

Der Sekretär flüsterte den Satz weiter. Als diese wichtige Information den hinteren Teil des Zuges erreicht hatte, tuschelte die Hebamme zum Dorfschmied:

„Bei Tapiren ist der Nerz dort, wo wir die Neger laben. Kleider tragen!"

Der Schmied schrie in das Ohr des Glöckners, der etwas schwerhörig war:

„Bei Klavieren ist die Terz dort, wo wir die Feder tragen. Breiter Kragen!"

Und der Glöckner zum Wirt:

„Bei Fakiren ist der Sterz fort, wo wir das Leder nagen. Leiterwagen!"

Der Wirt nahm eine Knoblauchzehe aus dem Ohr und fragte: „Was?" Der Glöckner wiederholte. Dann der Wirt zur Frau des Hauptmanns der Freiwilligen Feuerwehr:

„Bei Kampfstieren ist der Schmerz Sport. Probier die Eber plagen! Eitermagen!"

Und diese zum Gendarmen:

„Bei Walküren ist der Scherz Mord. Klotür?, die Jäger fragen. Euter klagen!"

Der Gendarm drehte sich um, aber es war niemand hinter ihm. Nur eine knorrige, verwitterte Fichte.

Die Truppe war informiert, der Atem wiederhergestellt, der Pulsschlag normal. Schon wollte die Pfarrersköchin das Zeichen zum Weitermarsch geben. Doch sie zögerte. Ihr Feldherrninstinkt sagte ihr, dass etwas fehlte. – Der Gendarm fehlte. Die Köchin ließ die Blicke schweifen. Dann sauste die Bratpfanne frisbeescheibengleich auf die Krone einer knorrigen, verwitterten Fichte zu. Ein dumpfer Klang und ein Schmerzensschrei – dann purzelte der Gendarm vom Baum.

„Ich wollte nur den Überblick nicht verlieren“, verteidigte er sich.

Einer in der Menge witzelte:

„Bei dir ist das Herz dort, wo wir den Hintern tragen. Du feiger Schragen!“

Nur leises Gelächter in der Menge, denn das Schloss war nah. Die Köchin packte den Gendarmen am Kragen und schwenkte die Pfanne. Der Zug nahm den Marsch auf Schloss Zahnfleisch wieder auf. Indem die Köchin den Gendarmen vor sich herschob, schwor sie sich seinen Kragen nicht wieder loszulassen.

Weit vor ihnen, einsam an der Spitze – die hickende Zeitbombe. Der Schluckauf von Willi dem Säufer war lauter geworden.

Auch des Beißers Böse Bande drängte zum Aufbruch. Noch lagerte die Horde bei der umgestürzten Kutsche, aber man war hungrig und Speichel troff aus den Mäulern. Warmes, frisches Menschenblut war nicht mehr fern.

In Abwesenheit des Bosses hatte Wanja der Werwolf die Führung übernommen. Er war der Einzige außer dem Boss, der den chaotischen Haufen zumindest für kurze Zeit zusammenhalten konnte. Wanja nahm noch einmal Witterung auf und gab dann das Zeichen zum Aufsitzen. Der Boss war sicher mit den Vorbereitungen im Schloss bald fertig und würde darauf warten, seiner Bande das Zeichen zum Sturm zu geben. Den Boss durfte man nicht warten lassen.

Wanja überblickte den wilden Zug. Befriedigt über die herrschende Unordnung heulte er gegen den Gewitterhimmel. Das war das Signal zur Abfahrt.

Zwerg Zahn durfte in Beißers Gang nur vierter Klasse reisen. Er hing am Schweif eines hinkenden Gauls am Ende des Zuges. Hier wurde er hin und her geschleudert, bald von Hufen getroffen, bald mit Schlamm bespritzt. Außerdem war das Tier besonders bösartig: Es ließ seine Äpfel grundsätzlich nur während des Laufs fallen. Dazu kam, dass diese Schindmähre an argen Blähungen litt. Jedes Mal, wenn sie sich laut und ungeniert erleichterte, blickte sie hämisch auf Zwerg Zahn zurück und wieherte schadenfroh. Und er konnte sich nicht einmal die Nase zuhalten, klammerte er sich doch mit beiden Händen am Schweif des Tieres fest.

Er war diese Demütigungen gewohnt, aber dass er sie liebte, war nur Schein. Sein „Noch mehr, bittebitte!“ hielt die anderen davon ab ihn weiter zu quälen. Sie wollten ihm keine Freude gönnen, keinen Gefallen tun. Hätte er sie gebeten von ihm abzulassen, wäre für sie der Spaß erst richtig losgegangen.

Zwerg Zahn seufzte. Sein Leben war ein Jammertal. Als Waisenkind aufgewachsen, von rohen Zieheltern gepiesackt, von Gleichaltrigen verprügelt und als Zielscheibe ihres Spottes missbraucht, war er schließlich als Punching-, Fuß- oder Basketball in Beißers Böser Bande gelandet. Nie hatte er einen Freund gehabt, nie hatte ihn ein Starker in Schutz genommen, nie war er geliebt worden.

Nur einmal in seinem Leben hatte er erfahren, was Zuneigung war. Er hatte eine kleine Fledermaus, deren Flügel gebrochen war, liebevoll gepflegt und die Verletzung behandelt. Er hatte mit ihr die glücklichsten Tage seines Lebens im Glockenturm einer verfallenen Kirche verbracht. Er hatte sie mit Insekten gefüttert und sie hatte sich zärtlich an seinen Hals geschmiegt. Doch als ihr Flügel geheilt war, war sie weggeflogen. Zwerg Zahn hatte sie nie mehr gesehen.

Eine heiße Träne rollte über seine Wange. – Durch galoppierende Pferdebeine und aufspritzende Schlammfontänen sah Zwerg Zahn das Schloss Zahnfleisch rasch näher kommen.

Im Gewölbe der Särge standen sie sich nun gegenüber: Pfähler und Beißer. Der Pfähler wusste nicht, dass sein Gegner der berüchtigte Beißer, Boss der Bösen Beißer Bande, einer der gefürchtetsten Vampire Transsylvaniens, war. Und der Beißer hatte keine Ahnung, dass ihm der berühmte Pfähler, einer der erbarmungslosesten Vampirkopfgeldjäger nördlich der Südkarpaten, gegenüberstand. Doch beide fühlten instinktiv, dass sie einen gleichwertigen Gegner vor sich hatten. Sie wussten, es ging um Leben oder Tod, um Sein oder Nichtsein. Es ging um Herz oder Hals.

„Hast dir einen staubigen Platz zum Sterben ausgesucht, Gringo“, sagte der Beißer gelangweilt und polierte seine langen Fingernägel an seinem Umhang.

„Yeah“, sagte der Pfähler gedehnt, „Staub ist aber nötig, Stranger, um dein Blut besser aufzusaugen, das bald aus deinem Herz spritzen wird.“ Unendlich langsam schob er den Knoblauchstängel in den anderen Mundwinkel.

Solche Reden vor dem großen Showdown sind üblich. Zum einen verbirgt man dadurch seine Angst und macht dem Gegner durch seine Ruhe umso mehr Angst. Daher haben meist beide die Hosen gestrichen voll. Zum anderen ist es ein erstes Abtasten des Kontrahenten, ein Versuch, dessen Stärken, Schwächen und Absichten kennen zu lernen. Im vorliegenden Fall von Beißer und Pfähler war es außerdem so, dass beide Wildwestromane liebten (nur wussten sie das nicht voneinander). In jenen Romanen wird auf dieselbe Weise gesprochen – auf staubiger Dorfstraße halt und unter glühender Mittagssonne.

„Oh, yeah?“, höhnte der Beißer. „Nur gut, dass so viele Totenkisten hier rumstehen. Such dir eine aus, Amigo, ich deck dich dann schon mit dem passenden Deckel zu.“

„Yeah?“, sagte der Pfähler und gähnte. „Dazu wird's nicht kommen, Hombre, denn zuvor spick ich dich voll mit Eichenpfählchen. Kannst dich dann als hölzernes Stachelschwein ausstellen lassen.“

„Yeah? Und ich mach mit meinen Zähnen aus dir ein Sieb, Muchacho, das so viele Löcher hat, dass vom Sieb nichts mehr da ist.“

Die roten Augen des Beißers hatten stärker zu leuchten begonnen. Der Pfähler wusste, dass er dem kurz bevorstehenden Angriff des Vampirs zuvorkommen musste.

Mit einer Bewegung, die in ihrer Schnelligkeit nicht mehr

sichtbar war, hatte der Pfähler seinen Colt gezogen und drückte ab. – Ein in Weihwasser getränkter Eichenpfahl sauste auf den Beißer zu.

Das Reaktionsvermögen des Vampirs war von einer anderen Welt. Blitzschnell warf er sich zur Seite – der Pfahl bohrte sich in das Holz des Türstocks. Ein Holzwurm schrie. – Der Beißer war in einem Stapel von Särgen gelandet, der krachend zusammenbrach. Ratten stoben davon. Aber schon war der Vampir wieder auf den Beinen, setzte zum Sprung an und flog in einem mächtigen Satz auf den Pfähler zu. – Der hatte keine Zeit gefunden wieder abzudrücken und konnte sich nur durch einen Hechtsprung in einen Sarg retten. – Der Vampir ihm nach, das Maul weit aufgerissen, bereit zum tödlichen Biss. – Der Pfähler schob den Sargdeckel vor. – Der Beißer biss zu. Holz krachte und splitterte.

Da dem Sarg eine Seitenwand fehlte, rollte der Pfähler wieder heraus und sprang elastisch auf die Beine. Der Beißer mühte sich ab, den Sargdeckel von seinen Zähnen zu entfernen. Er hustete Holzmehl und spuckte fünf fette Holzwürmer aus.

Inzwischen hatte der Pfähler seinen Colt, der ihm beim Hechtsprung entfallen war, wieder vom Boden aufgehoben. – Wieder drückte er ab. – KLICK – KLICK – KLICK – Ladehemmung! Ein höhnisches Grinsen überzog das Gesicht des Vampirs. Mit einer schwungvollen Bewegung seines Umhangs löschte er die Kerze.

In der Finsternis konnte der Pfähler nur zwei rotglühende Punkte erkennen. Die Punkte kamen näher und wurden größer. Der Pfähler wich zurück. Die Punkte folgten. Dann spürte Tom Tex eine Steinplatte hinter sich. Er konnte nicht weiter zurück. Vor ihm wuchsen die roten Punkte zu flackernden Kreisen.

Schon fühlte er den heißen Atem des Vampirs in seinem Gesicht. Zwei bekrallte Hände fuhren an seinen Hals und machten sich am Verschluss des Bissschutzhalsbandes zu schaffen. Der Pfähler fasste die Klauen des Vampirs und versuchte sie mit aller Kraft von seinem Hals zu lösen. – Ein fürchterliches Ringen begann.

Lange wogte der Kampf zwischen Mensch und Vampir und keiner schien die Oberhand gewinnen zu können. Stahlharte Muskeln spannten sich. Adern schwollen zur Dicke von Gartenschläuchen an. Stiefel scharrten und versuchten festen Halt zu finden. Keuchende Atemzüge rasselten und pfiffen. Gepresstes Stöhnen und leise Flüche verhallten im Gewölbe.

Mit einem Überraschungsangriff gelang es dem Vampir den Pfähler an die Wand zu pressen. Mit animalischer Kraft drückte er ihn fester und fester an die Steinplatte. Schweiß rann Tom Tex über das Gesicht. Seine Augen brannten. Die Augen des Vampirs flammten rotviolett. Näher und näher kamen die spitzen Fangzähne dem Hals des Pfählers.

Da gab die Steinplatte hinter ihm nach.

Mimi, die Haus- und Hoffledermaus, seufzte. Schon wieder! Nahm denn das heute gar kein Ende? Verärgert beobachtete sie den Zug mit Fackelbeleuchtung, der von Spießen nur so starrte und von einem lauter werdenden HICK, HICK, HICK angeführt wurde. Sie wünschte sich, sie hätte ein Handy bei sich gehabt. Da ein solches aber damals noch nicht einmal erfunden war, breitete sie ihre Schwingen aus und machte sich auf die Suche nach ihrem Herrn.

Baron Zahnfleisch ging mit unruhigen Schritten in der großen Empfangshalle auf und ab. Er erwartete mit Ungeduld die Rückkehr des Pfählers, um das Duell fortzusetzen. Flegel! Einfach so ohne Entschuldigung zu verschwinden und nicht einmal zu sagen, wohin er ging. Dabei war die besudelte Ehre seiner Familie noch immer nicht mit Blut reingewaschen.

Die Gouvernante saß gelangweilt auf der Stehleiter. Herr Blünzli war hungrig. Baronin Valeska feilte ihre Fingernägel spitz und schmollte ihrem Gemahl, weil er vorhin nicht auf sie gehört hatte. Doktor Gummsky Zelleskovitch putzte seine Brille. Urbaronin Zsa Zsa war in ihrem Boudoir und zog sich um. Franziska war verliebt. Siegfried war verlegen und glücklich, weil Franziska seine Hand hielt. Hansi stand einfach da. Der Kutscher schlief.

In dieses düstere Stillleben flatterte Mimi. Sie setzte sich dem Baron auf die Schulter und wisperte in sein Ohr.

„Das Volk", sagte dann der Baron zu den Anwesenden, „macht Jagd auf Böcke. Sündenböcke. – Keine Sorge, wie gehabt, werden sie wieder einen Bock schießen."

Dann fügte er erklärend hinzu: „Von Zeit zu Zeit läuft den Bauern und Dorfbewohnern eine Laus über die Leber. Dann wallt ihnen das Blut und sie müssen ihrem Unmut Luft machen. Sie rotten sich zusammen, bewehren sich mit spitzem Hausrat und versuchen das Schloss zu stürmen. Doch es besteht nicht der geringste Grund zur Besorgnis. In der achthundertjährigen Geschichte von Schloss Zahnfleisch ist ihnen das nur ein einziges Mal gelungen. Aber damals war die residierende Familie nicht anwesend. Sie war auf Kur in einem Thermalblutbad."

Erleichterung bei den Gästen. Diese hätten zwar als Menschen eigentlich nichts zu befürchten gehabt, aber bei einem rasenden Mob konnte man nicht sicher sein, ob auf die feinen Unterschiede zwischen Mensch und Vampir Rücksicht genommen worden wäre. Außerdem verabscheute man Gewalt.

„Hansi", rief der Baron, „die Zugbrücke!"

„Die Zugbrücke, sehr wohl", sagte Hansi und ging. Das große Eingangstor bekam Hansis Schulter zu spüren. Es wankte, blieb aber in den Angeln.

Nach einer Weile hörte man Hansi bei der Arbeit. KLIRR, KLIRR, KLIRR – die Kette wurde aufgenommen. KRRR, KRRR, KRRR – Zahnräder drehten sich. QUIETSCH, QUIETSCH, QUIETSCH – die Angeln der Zugbrücke waren nicht geschmiert. Dann plötzlich ein helles ZINNNG! Dann ein surrendes KRRRRRRRRRRRR mit gleichzeitigem, schrillem QUIIIIIIIIIIIETSCH. Und zum Schluss ein dumpfes WRUMMM!

Fragende Blicke. Dann erschien Hansi. Schuldbewusst hielt er eine zerbrochene Kette in den Händen.

„Hansi", rief der Baron streng, „heißt das, dass du die Kette zerbrochen hast und die Zugbrücke wieder hinuntergerasselt ist und dass nun Schloss Zahnfleisch für den hysterischen Mob frei zugänglich ist?"

Hansi brauchte eine Weile, dann nickte er.

Der Baron blickte besorgt. „Mir nach", rief er, „nur die Dachterrasse bietet uns einigermaßen Schutz und Sicherheit!"

Er schnappte sich einen Leuchter und mit wehenden Kerzenflammen eilte er in Richtung Treppenaufgang. Die anderen folgten. Nur der Kutscher blieb zurück. Aber das wusste er nicht. Er schlief.

Auf der Treppe begegnete man Zsa Zsa. Die Urbaronin trug ein feminin-körperbetont geschnittenes Trägerkleid aus gelb und grün gestreifter Shantungseide, kombiniert mit einem hauchzarten, ärmellosen Top in Royalblau, das durch seine edle Schlichtheit bestach.

„Zur Dachterrasse?", rief sie beleidigt. „Ja warum sagt mir denn keiner was? Dafür trage ich natürlich nicht die passende Toilette."

Sie trippelte zurück in ihr Boudoir.

Die anderen folgten fliegenden Schritts dem Baron. Ihr Weg führte sie über breite, steinerne Treppen, knarrende Holzstiegen, steil aufsteigende Rampen, sich windende Wendeltreppen, morsche Leitern, brüchige Klettertaue, unsichere Sprossenwände, enge ausgesetzte Steige, schaukelnde Hängebrücken, handkurbelbetriebene Aufzüge, schwingende Strickleitern, nichtfunktionierende Rolltreppen und gefährliche Kletterwände mit Schwierigkeitsgrad sechs.

Der Baron trieb zur Eile. Valeska schwitzte. Herr Blünzli schnaufte. Doktor Gummsky Zelleskovitch zählte seufzend die Stufen. Hansi warf Stiegengeländer um. Siegfried half Franziska galant über schwierige Passagen. Und die Gouvernante murmelte: „Quel horreur!", wenn eine Stufe hinter ihr brach und in die Tiefe stürzte.

Die Dachterrasse war viereckig und mit weißem Kies bestreut. Es war der höchstgelegene Platz im Schloss, nur ein Turm in der

Nordostecke der Terrasse überragte sie noch um einige hundert Meter. Bunte Mondschirme und Liegestühle standen umher. In Blumentöpfen wuchs rotviolett blühender Blutweiderich. Die Aussicht war atemberaubend:

Das Gewitter hatte sich verzogen, nur mehr wenige schwarze Wolken hingen am Himmel und in der Ferne grollte noch leise der Donner. Der Vollmond schien. Nebel stieg aus den Tälern auf. Man konnte die langgezogene Bergkette der Südkarpaten überblicken, sogar die höchsten Gipfel der Ostkarpaten waren noch zu sehen und dahinter leuchtete als silberheller Streif das Schwarze Meer.

Ein fast einstimmiges „Ohhhhh“ als Ausdruck des Entzückens von den Gästen. Nur Madame Chicbinié rief: „Oh lá lá!“ Und Franziska sah gar nicht hin, sie hatte nur Augen für Siegfried.

Winzig klein, tief unter sich sahen sie, wie der Fackelzug der Dörfler und Bauern näher kam. Von der entgegengesetzten Seite, wegen des Nebels und der fehlenden Fackelbeleuchtung

kaum sichtbar, gewahrten sie den Zug von Beißers Böser Bande. Er näherte sich mit rasender Geschwindigkeit dem Schloss.

„Da haben wir den Salat", sagte der Baron aufs Äußerste besorgt.

„Den Salat hast du dir selbst eingebrockt", sagte Baronin Valeska kalt. „Du hättest dich eben rechtzeitig um die Reparaturen im Schloss kümmern sollen. Aber du hörst ja nicht auf mich. Die Zugbrücke ist offen und diese feine Gesellschaft da unten braucht nur ins Schloss zu spazieren. Und die putzen sich vorher sicher nicht die Schuhe ab. Aber du hast ja nichts anderes im Kopf als deine Eitelkeit durch kindische Duelle zu befriedigen und ..."

Sie wurde durch einen lauten Knall unterbrochen. Eine schwere Steinplatte war aus dem Turm auf den Kies der Terrasse gekippt. Aus der entstandenen Öffnung rollten zwei zerzauste, dreckverschmierte Gestalten und kamen auf allen vieren zum Stillstand. In dieser Position verharrend starrten Pfähler und Beißer einander an.

Leichtfüßig kam Zsa Zsa über die Freitreppe auf die Terrasse. Sie war eine blendende Erscheinung in ihrem hochgeschlitzten Partykleid aus Seidenmoire mit schwarz-weißem Zebramuster und tief ausgeschnittenem Dekolleté im Bad-Taste-Look. Die Accessoires, eine rosa getönte Butterflybrille und schwarze Gummistiefel, rundeten ihr aufregendes Outfit ab.

„Oh, ein neues Gesellschaftsspiel", flötete sie, als sie Pfähler und Beißer am Boden kniend bemerkte. „Wie gemein, ohne mich anzufangen!"

Die beiden kümmerten sich nicht um die Urbaronin, sondern starrten einander weiter mit offenen Mäulern an. Schließlich fiel des Pfählers Blick auf die linke Hand des Beißers. Dort funkelte ein grauschwarzer Blutstein auf einem Silberring – derselbe Ring, den Tom auf dem Kaminsims gesehen hatte. Tom Tex blickte wieder in das Gesicht des Beißers.

Zögernd fragte er: „T ... T ... Tim?"

Und der Beißer stotterte leise: „T ... T ... Tom?“

Dann glitt ein Lächeln der Erkenntnis über beide Gesichter. Das Lächeln wurde immer breiter und schließlich grinsten die beiden von Ohr zu Ohr. Dann geschah etwas Sonderbares.

Sie erhoben sich, stellten sich einander gegenüber und begannen gemeinsam einen Kinderreim im scharfen Rhythmus zu rappen. Bei jedem betonten Wort klatschten sie abwechselnd die linken und rechten Handflächen aneinander:

„Tim und Tom,
geh und komm,
sieh die beiden Brüüüüüüder.
Tom und Tim,
komm und nimm,
Tex, Tex, Tex, Tex – cha cha cha!“

Bei „Brüüüüüüder“ zogen sie einander an den Nasen und bei „Tex, Tex, Tex, Tex – cha cha cha“ kehrten sie einander den Rücken und stießen bei jedem Wort mit ihren Hinterteilen zusammen.

Dann umarmten sie einander. Tosender Applaus brandete auf, begeisterte Da-capo-Rufe erschallten und Zsa Zsa schrie: „Ich auch, ich auch! Lasst mich auch mitspielen!“

Die beiden verbeugten sich vor dem Publikum und Tom sagte etwas verschämt: „Ein kleines Spielchen aus unserer Kindheit.“

Doch dann rief er voll Stolz: „Darf ich vorstellen – Tim Tex, mein verschollen geglaubter, älterer Bruder.“

Tränen der Rührung bei den Anwesenden.

Die Gouvernante seufzte. Das würde achtzehn „Darf ich vorstellen ...“ ergeben. – Doch dazu kam es nicht, denn der Baron rief: „Das muss gefeiert werden! Hansi, den roten Champagner!“

„Roter Champagner, sehr wohl.“ Beim Hinausgehen blieben einige Mondschirme und Liegestühle auf der Strecke.

Auf das Duell hatte Baron Vladimir in der Aufregung gänzlich vergessen. Er war nicht nachtragend, und da sich Tom Tex außerdem bei ihm entschuldigte, ihn des Mordes bezichtigt zu haben, wollte er gern auf die Blutwäsche seiner besudelten Familienehre verzichten.

Die Gebrüder Tex wurden mit Fragen bestürmt. Doch Baronin Valeska, die stets einen kühlen Kopf und die Übersicht bewahrte, deutete über die Terrassenbrüstung nach unten und sagte: „Ich glaube, da tut sich gleich etwas.“

Das sechste Kapitel heißt

„VAMP O VAMP!"

um mögliche Diskussionen um die Überschrift gleich im Vorhinein abzustellen.
In diesem Kapitel riecht es nach Blut, Schweiß und Knoblauchzehen und die zutiefst ergriffene Mademoiselle Chicbinié trägt, begleitet vom Schlachtenlärm, ein Gedicht vom berühmten Dichter Heinrich Heine vor.

Willi der Säufer war zum Problem geworden. Der Zug der Bauern und Dörfler hatte Schloss Zahnfleisch erreicht und der ständig lauter werdende Schluckauf von Willi konnte das Unternehmen frühzeitig verraten und ernstlich gefährden.

Mutig lief der Dorfwirt nach vor zur Spitze des Zuges, wo, an die Wagenstange gebunden, Willi torkelte und hickste. Der Wirt schüttete eine halbe Flasche Schnaps in ihn hinein. Das half. Willi hörte mit dem Hicken auf, lächelte und schaute mit glasigen Augen in den Mond.

Der Wirt rannte zurück und machte der Pfarrersköchin Meldung: „Schluckauf eingestellt, Alk-Köder aufgetankt! Der Sieg ist unser!“ Dann nahm er selbst einen Schluck aus der Flasche, um seine schlotternden Knie zu beruhigen.

Mit einem kurzen Nicken nahm die Köchin die Meldung entgegen und befahl durch ein Bratpfannensignal der Truppe, hinter einem Mauerrest nahe des Burggrabens Aufstellung zu nehmen. – Vorsichtig äugte sie über die Mauer aufs Schloss. Ihr Herz hüpfte vor Freude. Das Burgtor war unbewacht und die Zugbrücke heruntergelassen. Nun stand einer erfolgreichen Vampirhatz nichts mehr im Weg. Das Gute würde endlich über das Böse siegen.

Schon wollte sie mit der Bratpfanne das Zeichen zum Sturm geben, als sie bemerkte, dass sie den Kragen einer Uniform in der Faust hielt. Der dazugehörige Gendarm fehlte.

Mit untrüglicher Menschenkenntnis griff die Köchin ahnungsvoll über die Kante des Burggrabens. Sie tastete ein bisschen und zog dann den zappelnden Gendarmen am Hosenboden zu sich herauf.

„Ich wollte ja nur die Umgebung erkunden, aus taktischen Gründen natürlich“, entschuldigte sich der Gendarm.

Niemand witzelte, denn die meisten wünschten sich in diesem Augenblick möglichst weit weg von diesem unheimlichen Schloss. „Nieder mit den Vampiren!“ zu schreien war eine Sache – es tatsächlich auszuführen eine andere.

Die Köchin befahl dem Totengräber:

„Durchsagen: Fertigmachen zum Sturm!“

Der Befehl wurde durchgesagt. Die Frau des Feuerwehrhauptmanns, die den Zug abschloss, verstand nur mehr:

„Buchstaben bärtig. Lachen zum Wurm!“

Sie konnte sich nichts Genaues darunter vorstellen. Unsinnige Befehle gab es eben nicht nur bei der Freiwilligen Feuerwehr.

In der einen Hand den Gendarmen am Hosenboden (Kragen hatte er ja keinen mehr), in der anderen die Bratpfanne hoch emporgestreckt, zeichneten sich die gewaltigen Umrisse der Pfarrersköchin scharf gegen die mondbeschienenen Nebelschwaden ab. – Wie das Hackbeil des Henkers sauste die Pfanne herab. Das war das Zeichen.

Mit Hurragebrüll stürmte die bespießte Schar geradewegs auf die Zugbrücke zu. Allen voran Willi der Säufer, dessen wiedererwachtes HICK!, HICK!, HICK! wie ein heroischer Schlachtruf alles übertönte.

Doch schon nach wenigen Schritten erstarb den Tapferen das Hurra auf den Lippen. Wie erstarrt blieben sie stehen. Ihre Mäuler standen offen und ihre weit aufgerissenen Augen erblickten ein Bild des Schreckens, das selbst ihre wildesten Albträume weit übertraf.

Hinter einem großen Felsbrocken in der Nähe des Burggrabens hatte Wanja der Werwolf des Beißers Böse Bande zum Stehen gebracht. Er ließ absitzen. Vorsichtig schob er seine spitze Schnauze hinter dem Felsen hervor und blickte zum Schloss. Frohlockend fletschte er die Zähne. Kein Wachposten und die Zugbrücke war heruntergelassen! Das musste das Zeichen vom Boss sein. Die Bude war sturmreif, das Futter serviert.

„Schon ein Zeichen?“, fragte Vampana, die Gefährtin des Beißers.

„Es ist angerichtet“, knurrte Wanja befriedigt.

„Ich geh voran“, sagte Vampana von oben herab, „ihr wisst ja, Ladies förscht.“

„Warum gerade du?“, fragte böse der Typ mit dem grünen Irokesenhaarschnitt und dem lebenden Skorpion als Ohrring.

„Weil ich's sonst meinem Beißerchen sage, wenn du mich nicht lässt. Darum!“

„Dann sag ich dem Boss, dass du *Beißerchen* gesagt hast“, sagte hämisch der Irokese.

Und Vampana schnippisch: „Dann sag ich ihm, dass du's auch gesagt hast.“

„Dass ich was gesagt habe?“

„Beißerchen.“

„Hab ich doch gar nicht!“, protestierte der Irokese.

„Hast du doch!“

„Hab ich nicht!“

„Hast du doch!“

„Hab ich ...“

Wütend fuhr Wanja herum. Er biss dem Irokesen den Skorpion vom Ohr und blitze Vampana wolfsteufelswild mit seinen gelben Augen an. „Shaddap! Wenn der Boss nicht da ist, bin ich der Boss. Ich führ den Haufen an, also geh ich zuerst. Basta!“

Wanja drehte sich wieder um und begann die Vorbereitungen für den Sturm zu treffen.

Der Irokese zeigte Vampana die Zunge. Sie war schwarz und triefte von grünem Speichel. Vampana trat hinterhältig gegen das Schienbein des Irokesen. Der stöhnte vor Schmerz auf und biss sich mit den Fangzähnen in die Unterlippe. An Vampanas Stiefelspitze befand sich ein scharfer Stahldorn. Nur Wanjas drohender Blick hielt den Irokesen von weiteren Racheakten ab. Innerlich kochte der Grünhaarige vor Wut.

Zwischen Stiefeln hindurch hatte sich Zwerg Zahn im Schlamm kriechend nach vorne gedrängt. Er blickte zu den anderen empor und sagte immer wieder:

„Ich habe heute überhaupt keinen Hunger. So was von Appetitlosigkeit. Keinen Bissen bringe ich hinunter.“

Dabei knurrte ihm der Magen. Durch diesen Trick hoffte er sich näher zur Spitze vorschwindeln zu können, um beim

Ansturm aufs Buffet einen saftigen Happen zu erwischen. Auf den hinteren Positionen hatte man bei der Drängelei kaum Chancen, mehr als eine Nasenspitze zu ergattern.

Zwerg Zahn war genau das, was die aufgestaute Wut des Irokesen jetzt brauchte. – Als der Wütende mit ihm fertig war, lag Zwerg Zahn unter einer drei Meter hohen Schlammschicht, die der Irokese mit seinen Stiefelsohlen festtrampelte. Das tat gut. Dem Irokesen.

Inzwischen hatte Wanja der Werwolf den großen Felsen erklettert. Seine zottige Gestalt hob sich scharf gegen den hellen Nachthimmel ab. Er stellte die Rückenhaare auf. Das bedeutete für die Vampirhorde: „Auf die Plätze!“ – Man nahm die Startposition ein und bereitete das Essbesteck vor: handbetriebene Kettensägen, Heckenscheren, Presslufthämmer ...

Wanja hob die Schnauze zum Mond. Das war das „Fertig!“ – Scharren in den Startlöchern, letzte Schubsereien.

Wanja heulte einen hohen, hohlen Ton in den Mond – das „Los!“.

Mit markerschütterndem Fauchen, Schnauben und Pfeifen quoll die blutrünstige Horde hinter dem Felsen hervor, geradewegs auf die Zugbrücke zu. Die Augen rot, die Mäuler weit offen, der Geifer tropfend.

Doch schon nach wenigen Schritten erstarb den gierigen Vampiren das Fauchen, Schnauben und Pfeifen auf den Lippen. Wie erstarrt blieben sie stehen. Ihr Speichelfluss stockte und ihre blutunterlaufenen Augen stierten auf ein Bild des Grauens, das selbst die abscheulichste Horrorvision wie ein Stillleben mit Blumen aussehen ließ.

Was war es nun, das beide Parteien, Menschen wie Vampire, vor Schreck erstarren ließ?

Sie sahen einander. Die Dörfler und Bauern der Pfarrersköchin sahen die Vampire von Beißers Böser Bande und die Vampire von Beißers Böser Bande sahen die Dörfler und Bauern der Pfarrersköchin.

Die einen sahen spitze Zähne und scharfe Gebisse, rot schimmernde Augen, krallenartige Finger- und Zehennägel, blutverkrustete Kettensägen, Heckenscheren, Presslufthämmer und Rasenmäher. Die anderen sahen Sensen und Sicheln, Mistgabeln, Bohnenstangen, Setzeisen, Drillbohrer, zugespitzte Zaunlatten, qualmende Fackeln, einen Tafelzirkel, eine große Bratpfanne und eine gefährlich hickende Bombe.

Damit hatte weder die eine noch die andere Seite gerechnet. Die Schrecksekunde dauerte viereinhalb Minuten. Doch dann trieb die Pfarrersköchin durch ein Zeichen ihrer Bratpfanne die Ihrigen vorwärts und Wanja der Werwolf heulte, dass sich die Seinigen wie ein Feuersturm in die Schlacht stürzten.

Nach dem Zusammenprall gab es keine Fronten mehr. Menschen und Vampire verschmolzen zu einem unentwirrbaren Knäuel und keiner wusste so recht, wen er eigentlich biss, kratzte, zwickte und stach. War es Freund oder Feind, den man schlug, trat, schnitt und würgte? War es Mensch oder Vampir, den man prügelte, kickte, pfählte und an den Haaren riss? Niemand wusste es.

Der Totengräber zum Beispiel hatte sich selbst in den Schwitzkasten genommen und drosch mit seiner freien Faust auf seine eigene Nase ein.

Oder Vampana: Sie biss ein Ohr ab und entdeckte erst danach, dass es dem Irokesen gehörte. Sie entschuldigte sich bei ihm und sagte, dass es in voller Absicht geschehen sei.

Selbst die Pfarrersköchin hatte in dem Tumult die Übersicht verloren. Sie hatte sich jemanden übers Knie gelegt und versohlte dessen Hinterteil mit der Bratpfanne. Erst als sich die Spitze des Tafelzirkels in ihre große Zehe bohrte, sah sie, dass es der Lehrer war, den sie verdrosch. – Zu ihrem Ärger entdeckte sie auch noch, dass sie eine leere Hose in der Hand hielt.

Der Gendarm schämte sich so sehr, in Unterhosen dazustehen, dass er sofort in den Burggraben köpfelte.

Der Dorfwirt kämpfte mit weit aufgerissenem Mund, weil er wegen der Knoblauchzehen in den Nasenlöchern keine Luft bekam. Deswegen hielt ihn die Frau des Feuerwehrhauptmanns für einen Vampir und stopfte ihm einen halben Knoblauchkranz zwischen die Zähne. – Er wäre glatt erstickt, wenn er nicht von Vampir Glatzkopf mit den haarigen Ohren einen derartigen Stoß bekommen hätte, dass ihm die Knoblauchzehen wie Sektkorken aus den Nasenlöchern schossen. Wen die Geschosse trafen, ist nicht bekannt.

Am ärgsten war das Chaos um Willi den Säufer. Selbst Wanja wurde einige Meter zurückgeschleudert, als ihm Willis Schnapsfahne ins Gesicht wehte. Die lange Wagenstange, an die Willi noch immer gefesselt war, scherte bei jeder Drehung des torkelnden Säufers aus und Feind und Freund wurden hinter ihm niedergemäht.

Kurzum, es ging drunter und drüber. Der Zugbrücke und dem Schloss Zahnfleisch schenkte niemand mehr Beachtung.

Dies wurde auf der Dachterrasse des Schlosses mit großer Erleichterung wahrgenommen. Man hatte sich die Liegestühle zurechtgerückt und folgte in aller Ruhe und Bequemlichkeit dem imposanten Schauspiel. Schlachten standen ja nicht jeden Tag auf dem Programm.

Baron Zahnfleisch saß in der ersten Reihe neben seiner Gemahlin und hielt deren Hand. Er bedauerte nur, nichts zum Naschen bei sich zu haben. In Blutsirup getunktes Popcorn wäre jetzt das Passende gewesen.

Für Baronin Valeska war die Show etwas zu brutal. Eine rührende Liebesgeschichte mit einem Unhappy-End wäre ihr lieber gewesen. Aber sie genoss diese Augenblicke der Entspannung und die traute Geborgenheit an der Seite ihres Gemahls. Die Nacht war bisher anstrengend genug gewesen.

Fleisch- und Wurstwarenproduzent Blünzli war eingenickt. Auch bei Theaterbesuchen und Konzerten passierte ihm das immer. Kulturelle Veranstaltungen ermüdeten ihn.

Franziska und Siegfried hatten in der hintersten Reihe Platz genommen. Sie saßen nebeneinander. Franziska hatte ihren Kopf auf Siegfrieds Schulter gelegt. – In Siegfried tobte ein Kampf, nicht unähnlich dem, der sich unten vor dem Schloss abspielte. Nach hartem Ringen besiegte er schließlich seine Schüchternheit und legte hauchzart seinen Arm um Franziskas Schultern. Diese erschauerte glücklich. Dem Geschehen auf dem Schlachtfeld schenkten die beiden nur nebenbei Beachtung.

Urbaronin Zsa Zsa hingegen war ganz bei der Sache. Sie ergriff Partei für die Vampire und feuerte ihre Mannschaft lautstark an. – In ihrem Eifer nahm sie ihr Gebiss aus dem Mund und schleuderte es in weitem Bogen hinunter auf den Kampfplatz. Ihre Zähnchen konnten das Schlachtgeschehen natürlich nicht maßgeblich beeinflussen. Sie hüpften herum, bissen bald hier in eine Zehe, knabberten bald dort an einem Ohrläppchen und erfreuten sich ihrer Freiheit.

„Fie müffen fich eben auch mal auftoben können“, sagte Zsa Zsa entschuldigend zu den anderen.

Tom und Tim, vormals Pfähler und Beißer, kommentierten die Schlacht mit großem Sachwissen. Sie waren Experten.

„Vamp o Vamp!“, schimpfte Tim, „ich kann gar nicht hinschauen. Diese Beißnieten! Jahrelang trainiere ich mit ihnen den exakten, ansatzlosen Biss in die Halsschlagader. Und was machen diese verblödeten Schneckenschleimsauger? Sie beißen ins Ohr, ins Knie – überallhin, nur nicht in die Gurgel. Und mit so was hat man sich jahrelang abgegeben. Da schämt man sich fast, Vampirbandenanführer gewesen zu sein.“

„Yeah“, sagte Tom und spuckte einen zerkauten Knoblauchstängel aus dem Mundwinkel, „sieh dir bloß diese blutigen Anfänger an! Warum, zum Teufel, versuchen diese Idioten den Vampiren immer in die Leber zu stechen? Bei meinen Vorträgen in Vampirschutzgesellschaften sage ich immer, dass ins Herz, nur ins Herz gestoßen werden muss. Und zwar mit Eichenholz und Weihwasser. Und diese Stümper da unten haben's auf die Leber abgesehen. Ich schäme mich direkt Vampirkopfgeldjäger gewesen zu sein.“

Doktor Gummsky Zelleskovitch saß etwas abseits und putzte noch immer an seiner Brille herum. In seinen mehrteiligen Sehbehelf war Wasser eingedrungen. Darum hatte er die Brille zerlegt und putzte mit dem Taschentuch jede einzelne der fünfzehn Linsen. Er sah also nicht, was unten vor dem Schloss vor sich ging. Aus gelegentlichen Kommentaren, besonders aus Zsa Zsas Anfeuerungsrufen, entnahm er, dass es sich um ein Fußballspiel handeln musste. Um nicht als ungesellig angesehen zu werden, sagte er von Zeit zu Zeit „Tor“, „Foul“ oder „Abseits“. Aber es lag keine echte Begeisterung darin. Seine ganze Aufmerksamkeit galt seiner Brille. Ohne die war er erschossen.

Mademoiselle Chicbinié war ergriffen. Vollmond, Nebelschwaden, Schlachtengetöse und der blutige hin und her wogende Kampf tief unter ihr hatten sie aufgewühlt. Sie hatte sich erhoben und wie einst Nero vor dem brennenden Rom, trug sie ein traurig-schauriges Gedicht vor. Zur Begleitung zupfte sie die Saiten ihres Tennisschlägers. (Eine Lyra hatte sie nicht bei sich.) Leider konnte man nicht das ganze Gedicht hören, denn Kampflärm bestehend aus KABUMM!, POING!, PENG! oder RÖCHEL! sowie auch STÖHN! übertönte Teile ihres Vortrags. Mit bewegter Simme und unter Tränen der Rührung besang sie die Schlacht, die sich dem Ende zuneigte:

„Nach KLIMBIM! zogen zwei KABUMM!,
Die waren in SNAP! SNAP! gefangen.
Und als sie kamen nach TSCHINBUMM!,
Sie ließen die POING! POING! hangen.

Da hörten sie beide die traurige CRASH!:
Dass KLIMBIM! verloren gegangen,
Besiegt und zerschlagen das große SMASH! –
Und der RÖCHEL! der RÖCHEL! gefangen.

Da weinten zusammen die KABUMM!
Wohl ob der kläglichen STÖHN!
Der eine sprach: Wie weh wird WRUMM!,
Wie brennt meine alte KAZÖÖN!

Gewähr mir, KABAUZ!, eine ZATT-ZITT!:
Wenn ich jetzt sterben werd,
So nimm meine KREISCH! nach KLIMBIM! mit,
Begrab mich in KLIMBIM! – MERDE!

Dann reitet mein RÖCHEL! wohl über WÜRG! KOTZ!,
Viel PENG! PENG! klirren und blitzen;
Dann steig ich gewaffnet hervor aus WÜRG! KOTZ! –
Den RÖCHEL!, den RÖCHEL! zu schützen."

Der Kampf war vorbei, die Schlacht war geschlagen. Es gab keine Gewinner. Nur Verlierer. Humpelnd, ächzend und stöhnend hatten sich die letzten Kämpfer vom Schlachtfeld geschleppt. Die Vampire waren zur einen, die Menschen zur anderen Seite geflohen. Nicht im geordneten Rückzug, sondern einzeln, in kleinen Gruppen, in Hast und in Panik, die Verletzten hinter sich lassend.

Ein fahler Mond beschien den leblosen Kampfplatz. Bleiches Licht beschien die ausgeschlagenen Zähne, die abgebrochenen

Fingernägel, die abgeschnittenen Nasenspitzen, die Ohrläppchen, die Zehenkuppen und die ausgerissenen Haarbüschel. Mondlicht beschien auch die abgebrochenen Zaunlatten, die verbogenen Mistgabeln, die kaputtgeschlagenen Kettensägen, die zerborstenen Bohnenstangen, einen unbrauchbaren Tafelzirkel und eine verbeulte Bratpfanne. Rauch von erloschenen Fackeln stieg auf und es roch nach Blut, Schweiß und Knoblauch.

Nichts regte sich. – Doch ... da! Eine bleiche Hand brach durch den schlammigen Boden. Gleich darauf folgte ein Kopf. Ein einzähniger Mund schnappte gierig nach Luft. Dann wand sich der Rest des kleinen, fetten Körpers aus der Erde. Schnaufend erhob sich Zwerg Zahn und blickte um sich. Er erkannte, dass hier ein schrecklicher Kampf stattgefunden haben musste, und war froh nicht dabeigewesen zu sein. Andererseits, drei Meter unter der Erdoberfläche war gerade auch kein Vergnügen gewesen.

Der Zwerg sah das Burgtor und die heruntergelassene Zugbrücke. Er humpelte darauf zu. Das Tor zur großen Empfangshalle war zwar verschlossen, aber der kleine verschlagene Zwerg fand bald ein Schlupfloch, durch das er in das Innere von Schloss Zahnfleisch gelangte.

Auf Zehenspitzen huschte er am schlafenden Kutscher vorbei und erstarrte, als ein lautes „Hü hott!" durch den Saal hallte. Erst nachdem das Echo lange verklungen war und der Kutscher noch immer ruhig weiterschlief, wagte der Zwerg sich wieder zu rühren. Nun watete er durch Staubwüsten, irrte durch elendslange Gänge und quälte sich über hohe Stufen.

Zwerg Zahn wusste nicht genau, was er hier auf dem Schloss suchte. Sicherlich nicht seinen Peiniger, den Boss. Auch die anwesenden Menschen konnten es nicht sein – er hatte tatsächlich jeden Appetit verloren. Was war es dann? – Vielleicht suchte er nur einen stillen, dunklen Winkel, in dem er sein qualvolles Leben aushauchen konnte. Er wusste es nicht.

Ein plötzliches KLAPPEDIKLAPP! riss ihn aus seinen trüben Gedanken. Er fuhr zusammen. Dann wieder KLAPPEDIKLAPP! Ängstlich presste er sich an die Wand. KLAPPEDI-

KLAPP! KLAPPEDIKLAPP! Sein Auge irrte durch die Dunkelheit, die nur hie und da von einem matten Mondstrahl durchbrochen wurde. KLAPPEDIKLAPP! Jetzt sah er es. Es war ein kleines, weißes Etwas, das versuchte an einer hohen Stufe emporzuspringen.

Der Zwerg beugte sich über das Ding und sah, dass es Zähne waren. Es war Zsa Zsas Gebiss, das den Weg zurück zu seinem Frauchen suchte. Aber das konnte Zwerg Zahn nicht wissen.

Er griff danach. Das Gebiss klapperte ängstlich mit den Zähnen und versuchte sich in einer Ecke zu verstecken. Zwerg Zahn packte blitzschnell zu und steckte das Ding in seine Tasche.

Im selben Augenblick stand er im Lichtkegel einer Fackel. Gleich darauf fiel ein riesiger, dunkler Schatten über ihn. Der Zwerg drückte sich in eine Ecke der Treppe und schrie: „Schlag

mich, zerquetsch mich, mach Hackfleisch aus mir! Bittebitte-bitte!"

Der Trick zog nicht. Eine Hand wie eine Baggerschaufel nahm ihn auf und hob ihn hoch. Es war Hansi, der sich den Winzling näher vor Augen führen wollte. Aber das konnte Zwerg Zahn nicht wissen.

Die gewaltigen Finger drückten zu. Mit schwindenden Sinnen sah der Zwerg noch, wie eine große Fledermaus sich in das Ohr des Riesen setzte und diesem etwas flüsterte.

Es war Mimi, die Haus- und Hoffledermaus, dieselbe, die der Zwerg vor vielen Jahren im Glockenturm einer zerfallenen Kirche gesund gepflegt hatte. Aber auch das konnte Zwerg Zahn nicht wissen.

Außerdem wurde ihm schwarz vor Augen.

Das siebente Kapitel heißt

„ES WÄRE ALLES IN BUTTER GEWESEN ...",

was selbst ausgezeichnete Kapitelüberschriften wie „TOD EINES SCHEUSALS", „DER DREIFACHE, HALBGESTRECKTE VAMPELFLAP" oder „VON SCHLOSS ZAHNFLEISCH HERAB" in den Schatten stellt.

In diesem Kapitel wird zur Überraschung aller eine neue Person vorgestellt. Der Erzähler entschuldigt sich mit der lächerlichen Ausrede diese Person zu benötigen, um den letzten, absoluten Spannungshöhepunkt besser gestalten zu können. Personalstand: dreißig. Genug ist genug! Das sollte nun wirklich reichen, um die Geschichte so halbwegs zu Ende zu bringen. Wer soll sich denn all diese Namen merken!

Im Sarggewölbe war noch nicht aufgeräumt worden. Die Spuren des Kampfes zwischen Tom und Tim, vormals Pfähler und Beißer, waren noch sichtbar. Särge, Sargdeckel und Sargteile lagen verstreut umher. Der aufgewirbelte Staub war zur Ruhe gekommen und hatte sich wieder hingesetzt.

Ein wurmstichiger Pfahl lag unter den Trümmern. Eine Ratte schnüffelte daran. Sie stellte die Haare auf, wich zurück und verschwand schnell in einem Mauerloch.

Im Gewölbe gab es einen Sarg, der den Kampf so halbwegs unbeschadet überstanden hatte. Es war ein massiver, schwarz lackierter Eichensarg. In das Holz hatten freilich schon Generationen von Würmern ihre Gänge gebohrt und der schwarze Lack war großteils abgeblättert. Die kupfernen Beschläge waren mit Grünspan überzogen und hingen nur mehr lose am Sarg. Ein Brett der Seitenwand fehlte. Dort, so schien es, war der Pfahl herausgerollt.

Aus dieser Öffnung des Sargs tastete sich etwas, das wie eine Hand aussah. Es waren Hand- und Fingerknochen, überzogen von einer pergamentartigen, löchrigen Haut. Der kleine Finger und ein Glied des Daumens fehlten. Die Fingernägel waren abgefallen, nur am Ringfinger befand sich noch ein Nagel, der so lang war, dass er sich zu einer Spirale eingerollt hatte.

Die Hand tastete sich aus der Öffnung und machte sich am Verschluss des Sarges zu schaffen. Dabei brach ein Glied des Mittelfingers, aber auch das Schloss zerbröselte zu Staub. Ganz langsam verschwand die Hand wieder im Sarg, dann war es für eine Weile totenstill.

Kaltes Mondlicht beschien die Totentruhe. Plötzlich flog der Sargdeckel mit einem lauten Krach zur Seite und zersplitterte am Boden. Staubflocken tanzten in den Mondstrahlen. – Wieder Stille.

Dann knirschten und knarrten Gelenke und ein unappetitliches Wesen erhob sich aus dem Sarg. Es sah aus wie eine Kreuzung zwischen einer fünftausend Jahre alten Gletschermumie und einem Geisterbahnskelett. Nur noch viel grauenvoller. Dort, wo die brüchige Haut die Knochen überzog, hatte sich grünlicher Schimmel gebildet. Dort, wo die Haut fehlte, waren vertrocknete Fleischreste, Sehnen und Knochen zu sehen. Vom linken Brustkasten waren nur noch die Rippen vorhanden. Und selbst die waren arg beschädigt und nicht mehr vollzählig.

An einigen Teilen des Körpers klebten noch Reste von Kleidung und der rechte Fuß steckte in einem abgescheuerten Hauspantoffel. Um den Hals hing ein Orden aus schwarz verfärbtem Silber mit einem großen, dunkelroten Rubin besetzt. Es war ein Vampirorden erster Klasse mit Zypressenlaub und Zähnen für besondere Bissleistungen zum Wohle Transsylvaniens.

Der Schädel war kahl, nur einige lange, weiße Haarsträhnen bedeckten mangelhaft die Löcher im Hinterkopf. Die Augäpfel fehlten. In der linken Augenhöhle glühte es in unregelmäßigen Abständen rot auf. Im grinsenden Kiefer steckten nur mehr zwei überlange, spitze Eckzähne. Die zwei Hauer waren anscheinend das Einzige an dem Wesen, das noch ganz war.

Kurz, es war kein schöner Anblick.

Am Fußende des Sarges war ein Schild angebracht. In verschnörkelten, gotischen Buchstaben stand da zu lesen:

„Urururbaron Zahn van der Hals. 1173 – 1536"

Was war hier geschehen? – Und: Wie konnte es geschehen? – Und vor allem: Warum war Zsa Zsas Großvater nach so langer Zeit wieder zum Leben erwacht?

Mit hundertprozentiger Sicherheit wird es sich wohl nie beweisen lassen, aber hier eine recht plausible Vermutung: Während des Kampfes zwischen Pfähler und Beißer und den Erschütterungen, die die Särge hiebei erfahren hatten, musste sich der Pfahl, der seit Jahrhunderten den Urururbaron am Sargboden festgehalten hatte, aus dem freiliegenden Brustkasten gerutscht sein. Darum also die Wiederauferstehung.

Urururbaron Zahn van der Hals stieg aus dem Sarg und setzte sich schlurfend und mit steifen Schritten in Bewegung. Bei jedem Schritt krachte und knackste es und Knochenteile, Hautfetzen und Sehnenstücke fielen von ihm ab. Seine Füße kickten

Sargteile zur Seite oder schoben sie vor sich her. Stieß er an eine Wand, so drehte er sich zur Seite und stakste so lange weiter, bis ihn das nächste Hindernis zwang die Richtung zu ändern.

Er sah nichts, er hörte nichts, er roch nichts, er fühlte nichts und er dachte sich auch nichts dabei. Er folgte nur einem inneren Drang, einem bösen Instinkt, einem jahrtausendealten vampirischen Naturgesetz.

Wohin trieb es ihn? Befahl ihm seine verdorbene, rastlose Vampirseele sich ein neues Opfer zu suchen?

Auf der Dachterrasse war man glücklich über den Ausgang der Schlacht. Angeregt wurde das Geschehene diskutiert. Die Stimmung war heiter, fast ausgelassen. Es konnte ja niemand ahnen, dass inzwischen Zahn van der Hals wieder auferstanden war.

Alle umringten Tom und Tim, denn von ihnen erwartete man Aufklärung über einige unklare Punkte.

„Meine Mutter", begann Tom, „brachte aus ihrer ersten Ehe meinen Halbbruder Tim mit. Wir beide verbrachten eine glückliche Kindheit. Wir hielten zusammen wie Pech und Schwefel, unternahmen die gewagtesten Abenteuer und begingen die tollsten Streiche. Nicht wahr, Tim?"

„Yeah", sagte Tim und wischte sich eine Träne der Rührung aus dem Auge. „Es war eine teuflisch schöne Zeit. – Die erste Ehe meiner Mutter hielt nicht lange. Sie war mit irgendeinem verlotterten Aristokraten verheiratet. Ich kannte meinen Vater nicht einmal. Noch bevor ich geboren wurde, verließ dieser Lümmel meine Mutter auf Nimmerwiedersehen. Sie hat auch nie ein Wort über ihn verloren. – Doch ich vermute, dass mein Vater ein Vampir war. Was heißt ‚ich vermute' – ich bin mir sicher. Ich selbst bin der Beweis dafür.

Bis zu meinem vierzehnten Lebensjahr fiel mir überhaupt nichts auf. Ich war ein stinknormaler Typ, nicht wahr, Tom?"

„Yeah", sagte Tom, „total normal. Wenn er nicht die Schule schwänzte, ärgerte er die Lehrerin, prügelte sich herum, rauchte heimlich Zigarren, stahl Äpfel vom Nachbarn, log wie gedruckt und schaute durchs Schlüsselloch in den Umkleideraum der Mädchen. Nicht mehr oder weniger normal als ich."

„Yeah", fuhr Tim fort, „doch dann, ab meinem vierzehnten Lebensjahr, wurde es schräg. Einiges an mir begann sich zu verändern. Ich bekam Lust auf rohes Fleisch, auf Blut, Hälse begannen mich zu interessieren und meine Eckzähne wurden länger und spitz. Ich konnte bei Nacht nicht mehr schlafen, trieb mich heimlich auf Friedhöfen herum und ließ mir vom Vollmond die Haut bleichen. Bei Tag döste ich. – Zuerst machten mir diese Erscheinungen Angst. Doch als mir klar wurde, dass ich mich zu einem Vampir entwickelte, zu einem Halbblutvampir zumindest, fand ich die Sache recht spannend.

Bei einer Urlaubsreise durch Transsylvanien haute ich bei Nacht und Nebel ab. Meine Familie ließ ich im Hotel zurück. ‚Der Ruf des Blutes' oder sonst irgendein ideologischer Quatsch hatte mich dazu gebracht. Die Vorstellung meinen Bruder niemals wiederzusehen brachte mich fast zum Kotzen. Aber damals glaubte ich, es müsse so sein.

Ich schloss mich einer mobilen Vampirgang an, wurde bald ihr Boss und mache seither die Gegend unsicher. – Okay, hat ja Spaß gemacht, aber damit ist jetzt Schluss. Der abartige Gedanke, dass ich fast meinen Bruder zu Tode gebissen und ausgesaugt hätte, lässt mir im Nachhinein das Blut gerinnen. Den Beißer gibt's nicht mehr. Nicht wahr, Tom?"

„Yeah", sagte Tom, „auch den Pfähler gibt's nicht mehr. Fürchterlich, fast hätte ich meinen eigenen Bruder gepfählt. Schluss mit dieser ekligen Vampirkopfgeldjägerei! Keinen einzigen Pfahl greife ich mehr an."

Die Gesellschaft war gerührt. „Ohs" und Ahs" ließen sich vernehmen. Tränen der Ergriffenheit wurden zerquetscht. Für Siegfried und Franziska war es ein Grund sich zu umarmen.

Doktor Gummsky Zelleskovitch war verwirrt. Er hatte den Gesprächen im Laufe der Nacht keine besondere Beachtung geschenkt, denn er war mit der Reinigung seiner Brille beschäftigt gewesen. Außerdem ist es eine bekannte Erscheinung, dass man nicht gut hört, wenn man die Brille nicht aufhat. Doch hatte er öfters „Vampir" und „Blut" vernommen und das war es, was ihn verwirrte. Der letzte Satz des Ex-Pfählers jedoch („Keinen Pfahl greife ich mehr an.") ließ ihn aufhorchen und erfüllte ihn mit Freude.

„Geheilt", rief er, „wahrhaftig geheilt! Mein erster Heilungserfolg bei Vampirbesessenheit. Ich werde eine wissenschaftliche Abhandlung darüber schreiben. Mein Institut wird weltberühmt. Und ich bin Exvampirkopfgeldjägerwiedereinfänger. Was für ein Titel!"

Er war ganz aus dem Häuschen und hopste auf der Terrasse umher. Als er sich beruhigt hatte, griff er in die Brusttasche seines Rocks und holte Papier, Schreibzeug, einige Stempel und ein Stempelkissen heraus. Dann füllte er Formulare aus und versah sie mit einigen Stempelabdrucken.

Doktor Gummsky Zeleskovitch stand auf, trat zu Tom und sagte feierlich: „Hier sind Ihre Entlassungspapiere, Herr Tex. Sie sind geheilt. Meinen Glückwunsch!" – Bescheiden fügte er noch hinzu: „Danken Sie mir nicht – ich habe nur meine Pflicht als Arzt getan."

Die Anwesenden gratulierten den Brüdern zu ihrer Absicht ein neues Leben zu beginnen und beglückwünschten Tom zu seiner Entlassung aus dem Irrenhaus.

Die Gouvernante hatte noch eine Frage: „Monsieur Beißer ... Pardon ... Monsieur Tim Tex, wie sind Sie zu dem Ring an Ihrem Finger gekommen?"

Tim blickte kurz auf den Ring mit dem Blutstein und zuckte gleichgültig die Schultern. „Der Ring und ich sind das Einzige, was mein Vater meiner Mutter hinterlassen hat."

Die Gouvernante wandte sich nun an Baron Zahnfleisch und fragte: „Und Sie, mon cher Baron? Wie sind Sie zu dem Ring gekommen, der unten auf dem Kaminsims liegt?"

„Das ist", sagte der Baron voller Stolz, „der traditionelle Familienring des Geschlechts der Zahnfleischs. Jedes Mitglied der ..." Er brach ab und war plötzlich sehr verlegen.

Mademoiselle Chicbinié heftete einen durchdringenden Blick auf den Baron. Auch der Rest der Gesellschaft ließ ihn nicht aus den Augen.

„Wo bleibt denn Hansi mit dem roten Champagner?", rief der Baron, um von dem peinlichen Thema abzulenken. „Er müsste doch schon längst hier sein. Wahrscheinlich spielt er wieder mit Mimi eine Partie *Vamp-ärgere-dich-nicht* oder *Beiß den Hals!* Sie müssen wissen, dass Hansi ..."

„Monsieur le Baron!", sagte die Gouvernante kalt und unerbittlich. Sie ließ sich nicht ablenken. Eine aufgenommene Spur verfolgte sie bis ans bittere Ende. Detektivromane waren übrigens ihre Lieblingslektüre.

Der Baron wand sich vor Verlegenheit. „Ich spreche nicht gerne darüber", gab er schließlich zu. „Aber wenn Sie unbedingt darauf bestehen – also gut: Wir haben ein schwarzes Schaf in unserer Familie. Mein Bruder, Exbaron Roderick von Zahnfleisch, ist jenes Schaf. Ich schäme mich für ihn. Dieser unstete Geist treibt sich in der Welt herum, geht Scheinehen ein und weiß der Teufel, was er noch alles treibt. Es ist also gut möglich, dass dieser Vampirvagabund ..."

„Nicht nur möglich", unterbrach Tim, „sondern bombensicher, mein lieber Barononkel Vladimir." Tim trat zum Baron und schüttelte ihm herzlich die Hand.

Der Baron schien sich erst jetzt über die Folgerungen aus dem Gesagten bewusst zu werden. Er begann zu lächeln und strahlte schließlich über das ganze Gesicht.

„Kannst Onkel Vladi zu mir sagen, lieber Neffe", sagte er und klopfte Tim kräftig auf die Schulter.

Dann umarmte Tim seine Tante Valeska, die ihn sogleich ihren Lieblingsneffen nannte. Keine besondere Auszeichnung zwar, da Tim ihr einziger Neffe war, aber es bewies ihre positive Einstellung.

Von Oma Zsa Zsa bekam Enkel Tim einen Kuss auf die Wange, aber auch eine kleine Schelte: „Ewig schade, daff du dein Beiferleben alf Bandenboff aufgeben willft. Beifers Böfe Bande – daf wäre halt noch fo richtig biffig nach echter, alter Vampirart gewefen."

Ihre Ausspracheschwierigkeiten erinnerten sie daran, dass ihr Gebiss noch nicht zurückgekehrt war. „Ich mach mir ernftlich Forgen über Beiferchen. Ef müffte schon längft hier fein. Ef wird ihm doch nichtf zugeftofen fein!"

Die Cousins Siegfried und Tim knufften und pufften einander zum Spaß und lachten sich freundschaftlich an.

Auch Tims Halbbruder Tom wurde herzlich als Halbneffe, Halbenkel und Halbcousin in die Familie Zahnfleisch aufgenommen. Und das durchaus nicht halbherzig.

Die beiden Brüder Tom und Tim, die als Pfähler und Beißer ein wildes, raues Leben geführt hatten, empfanden es als ungewohnt, ja sogar ein bisschen peinlich, so warm und herzlich behandelt zu werden. Aber insgeheim tat es ihnen wohl.

Es wäre also alles in Butter gewesen, wenn nicht plötzlich ein gellender Schrei die Stille der Nacht zerrissen hätte. Es war Franziska, die geschrien hatte. Und sie hatte allen Grund dazu. In der Öffnung zum Gewölbe der Särge, durch die Tom und Tim auf die Terrasse gerollt waren, stand dieses grauenhafte Etwas, das vor einigen Jahrhunderten Urururbaron Zahn van der Hals gewesen war. Durch sein Umherirren im Gewölbe waren staubige Spinnweben-Schleier an ihm hängen geblieben. Diese verdeckten seine Hässlichkeit nicht, sondern erzeugten beim Betrachter umso größeres Grauen. – Alle standen wie angewurzelt da.

Obwohl die linke Augenhöhle rot blinkte, bog der Urururbaron rechts ab, schlurfte mit steifen Schritten auf Franziska zu, packte sie am Arm und zerrte sie mit sich fort.

Er tat dies nicht etwa, weil er unbedingt auf Franziska bestand oder weil sie eine besonders hübsche junge Dame war, sondern weil sie ihm am nächsten stand und weil er von seinem früheren Leben nichts anderes gewohnt war als zu grapschen und mit sich zu ziehen. Es hätte genauso gut ein Kleiderständer gewesen sein können, den er mit sich fortriss.

Ach, wäre es doch ein Kleiderständer gewesen! So aber warf das Scheusal die arme Franziska über seine Schulter und begann wie eine Eidechse die verwitterte Mauer des Turms zu erklettern.

Das alles geschah so schnell, dass Franziska nicht einmal Zeit fand ein zweites Mal zu schreien. Auch das Publikum dieses schaurigen Schauspiels stand noch immer wie versteinert da und starrte wie gebannt auf das Unfassbare.

So konnte Zahn van der Hals unbehelligt mit seinem Opfer rasch an Höhe gewinnen. Erst als sich seine rechte Kniescheibe löste und neben der Urbaronin in den Kies fiel, fand Zsa Zsa ihre Stimme wieder. Am Pantoffel hatte sie ihren Lieblingsgroßvater erkannt.

Fassungslos schrie sie: „Opa!"

Und Baron Vladimir entsetzt: „Uropa!"

Und Siegfried bittend: „Ururopa!"

Und Tim schimpfend: „Urururochse!"

Und Valeska tadelnd: „Schämen Sie sich denn gar nicht? In *Ihrem* Alter!"

Er schämte sich nicht. Ein Stück seines Steißbeins fiel herunter.

Wilhelm Blünzli wurde energisch: „Was machen Sie denn da mit meiner Tochter, Sie? Auf der Stelle kommen Sie herunter oder ich hol Sie persönlich und mach einen Hamburger aus Ihnen!" Es war eine leere Drohung, wie der füllige Bauch des Fleisch- und Wurstwarenfabrikanten vermuten ließ.

Alle Bitten und Drohungen waren ohnehin erfolglos. Das Ungeheuer war taub, blind und stumm. Nur gelähmt war es nicht. Es kletterte verbissen und echsengleich höher. – Den Zusehern war es unerklärlich, woher dieser dürre Unhold die Kraft hatte, sich trotz schweren Gepäcks und ohne Kletterausrüstung in der brüchigen Turmwand zu halten. Denn neben Knochenstücken und anderen Körperteilen lösten sich auch immer wieder Mauerstücke – ja, ganze Steinquader – aus dem morschen Gemäuer und fielen klatschend auf die Terrasse.

Man war machtlos. Tatenlos mussten alle, selbst die kampferprobten Brüder Tom und Tim sowie die sportlich durchtrainierte Gouvernante mit ansehen, wie der Urururbaron schwindelnde Höhen erklomm. Wie ein Schattenriss hob sich seine ausgezehrte Gestalt vom großen, silbernen Mond ab. – Franziska lag regungslos über seiner Schulter. Anfangs hatte sie sich noch gewehrt, hatte gezappelt und gestrampelt, gekratzt und um sich geschlagen. – Ein hoffnungsloses Unterfangen bei diesem gefühllosen Monster. In dieser atemberaubenden Höhe jedoch wäre es ihr sicherer Tod gewesen, wenn sie freigekommen wäre oder ihren Entführer zum Absturz gebracht hätte. – Sie verhielt sich ruhig und hielt sich sogar an dem Bösewicht fest. Nicht aus liebevoller Anhänglichkeit.

Zahn van der Hals hatte das kleine, schräge Dach an der Spitze des Turmes erreicht. Doch er wollte noch höher hinaus. – Was selbst Kletterprofis für eine schiere Unmöglichkeit gehalten hätten (Schwierigkeitsstufe sechs plus), gelang ihm: Er umkletterte den Dachvorsprung. Und das, obwohl Franziska baumelnd an ihm hing!

Die Zuseher auf der Dachterrasse hatten bereits Genickstarre und hielten den Atem nun schon über fünf Minuten lang an.

„C'est pas vrai", murmelte die Gouvernante und holte tief Luft.

Wilhelm Blünzli hielt die Hand vor die Augen, blinzelte aber doch ab und zu zwischen den Fingern nach oben. „Halt dich fest, Franzi, halt dich ja fest!", stieß er immer wieder zwischen zusammengebissenen Zähnen hervor.

Zsa Zsa legte ein Gelübde ab. Sollte Franziska dieses Abenteuer heil überstehen, würde sie eine Wallfahrt nach Vampt Draculus unternehmen und ihren Huldigungen an die gute alte Vampirzeit abschwören. Der fürchterliche Anblick ihres Großvaters machte es ihr ohnehin leicht, Abschied vom Idol ihrer Kindheit zu nehmen. So ein perverser, dinosaurischer Vogelscheuchenvampir!

Die praktisch denkende Valeska sann über Rettungsmöglichkeiten nach, verwarf aber eine nach der anderen: Freiwillige Feuerwehr? Bergwacht? Rotes Kreuz? Rettungshubschrauber? Alles steckte noch in den Kinderschuhen oder war noch gar nicht erfunden. Verzweifelt musste sie sich eingestehen, dass es keine Möglichkeit gab, Franziska zu retten.

Baron Vladimir kaute an seinen langen Fingernägeln. Er hatte Löcher in sie gebissen und sie sahen wie Emmentaler Käse aus.

Tom verschluckte einen unzerkauten Knoblauchstängel. Tim fluchte.

Siegfried war ausnahmsweise nicht verlegen, sondern hatte die Hände zu Fäusten geballt.

Doktor Gummsky Zelleskovitch schob seine Brille auf die Nase, sah zu und war verwirrt.

Inzwischen war Urururbaron Zahn van der Hals das steile Dach höher gekrochen, Franziska hinter sich her schleifend. Er erreichte die Spitze und hielt sich an der rostigen Fahnenstange fest. Wild flatterten weiße Haarsträhnen, Spinnweben und Hautfetzen im Nachtwind. Ein Rippenstück brach, rollte klappernd über das Dach und hüpfte in die Tiefe. – Der Urururbaron bewegte den Unterkiefer, als wollte er etwas in den Mond schreien. Doch kein Ton entrang sich seiner Kehle. Sollte es ein grausig verzweifeltes Lachen werden? Ein triumphierender Siegesschrei? Ein grässlicher Fluch? Eine schreckliche Drohung an die Menschheit? Oder nur der stolze Jodler eines erfolgreichen Gipfelbezwingers?

Niemand würde es je erfahren, denn plötzlich verfinsterte sich die mondbeschienene Szene. Die einzige noch übriggebliebene Gewitterwolke schob sich vor den Mond. Sie war nicht groß, gerade groß genug, um den Mond verschwinden zu lassen. Aber sie war tiefschwarz und hatte es in sich. – Ein gewaltiger Blitz, den man der kleinen Wolke niemals zugetraut hätte, schoss aus ihr hervor, zickzackte nicht lange herum, sondern fuhr geradewegs auf den Fahnenmast des Turmes zu. An dem hielt sich der monströse Vampir fest.

Als der Donnerschlag dem Blitz folgte, war alles vorbei. Urururbaron Zahn van der Hals schwebte in kleinen, grauen Aschenflocken vom Dach. Ein Lüftchen erfasste diese und trug sie weiß Gott wohin.

Urururbarone können eben nur durch Urgewalten besiegt werden.

Und Franziska? – Sie war dem gewaltigen Stromstoß entgangen, indem sie rechtzeitig die Hand des Monsters losgelassen hatte. Doch damit fiel sie in die Hände der Schwerkraft. Sie taumelte vom Dach und versuchte verzweifelt, sich an der Dachrinne festzuhalten. Das gelang ihr auch, doch die Rinne hielt sich nicht am Dach fest. So stürzte sie zusammen mit dem durchgerosteten Stück Blech in die Tiefe.

Fallend raste sie vorbei an steinernen Wänden, Dachgiebeln, Fensterluken, Schießscharten, Adlerhorsten, Spitzbogenfenstern, Balkonen, Schwalbennestern, Fledermausverstecken, Fensterblumen ... geradewegs auf den Burghof zu. Es konnte höchstens noch eine Viertelstunde dauern, ehe sie dort auf den Steinplatten aufschlagen musste.

In dem Augenblick, als Franziska vom Dach stürzte, ging ein Aufstöhnen durch die hilflos dastehenden Zuseher. Alle schlossen die Augen. Alle – bis auf einen. Siegfried hielt die Augen offen. Er entdeckte die großen, schwarz glänzenden Fledermausflügel, die sein Vater abgelegt hatte, ehe er im Liegestuhl Platz genommen hatte.

Ein großer Satz und Siegfried war bei ihnen. Zwei schnelle Handgriffe und Siegfried hatte sich die Flügel umgeschnallt. Drei schwungvolle Anlaufschritte und Siegfried sprang mit einem gestreckten Auerbachsalto vorwärts von der Terrasse.

Die geschlossenen Augen des Publikums wurden weit aufgerissen und staunten. Das hatte man Siegfried nicht zugetraut. Tim und Tom hatten ohnehin keine besonders hohe Meinung von dem weichen Schönling gehabt, aber auch Siegfrieds Eltern konnten es kaum fassen, welch formvollendete Glanzleistung der hohen Schule der Flugkunst ihr Sohn ihnen da vorflatterte. Haltung, technische Ausführung und künstlerischer Ausdruck verdienten, nicht nur bei transsylvanischen Preisrichtern, die Höchstnote zehn.

Siegfried kippte im Sturzflug in die Tiefe, um so schnell wie möglich unter die fallende Franziska zu gelangen. Doch der verwinkelte Bau des Schlosses mit seinen Türmchen und Erkern,

Terrassen und Vorbauten ließ keinen geradlinigen Flug zu. So musste Siegfried Hindernissen durch gestreckte oder gehockte Doppelsaltos ausweichen. Er musste Mauervorsprünge durch eineinhalb Schrauben mit anschließender Sitzpirouette umfliegen. Er flog gehechtete Doppelaxel und eingesprungene Rittberger. Einmal musste er sogar, um dem Aufprall an einem Wasserspeier zu entgehen, den dreifachen, halbgestreckten Vampelflap rückwärts mit viereinviertel Drehungen vorwärts fliegen – eine Flugfigur, die bisher noch niemals gezeigt worden war.

Doch würde dies reichen, um Franziska noch rechtzeitig aufzufangen? Diese näherte sich mit rasender Geschwindigkeit den unnachgiebigen Steinplatten im Burghof. Nur noch Sekunden bis zum Aufprall. Franziska schloss die Augen. Ihr Leben war kurz gewesen, doch die tiefen Empfindungen der innigsten Liebe, die sie mit Siegfried teilen durfte, entschädigten sie für alles. Sie würde glücklich sterben.

Sie starb überhaupt nicht. Im Augenblick zumindest nicht. Statt auf harten Steinplatten aufzuknallen, umfassten sie, gerade noch rechtzeitig, zwei starke Arme und trugen sie in einem schwungvollen Bogen sanft empor. Sie öffnete die Augen und blickte in Siegfrieds errötendes, leicht verschwitztes Antlitz.

Unter ihnen schepperte eine rostige Dachrinne beim Aufprall auf die Steinplatten des Burghofs.

Das achte und letzte Kapitel heißt

„DAS ROTE VOM BLUT"

In diesem Kapitel werden alle losen Fäden, die noch irgendwo herumhängen, fein säuberlich verknüpft und die Geschichte somit zu Ende gebracht. Wieder einmal wird hier der werwolfgemeine Charakter des Erzählers offenkundig: Streut er doch ganz zum Schluss leisen Zweifel ins Herz des erleichterten Lesers und der aufatmenden Leserin, indem er andeutungsweise in Frage stellt, ob denn die Geschichte wirklich gut ausgegangen ist. — Wie soll man denn jetzt einschlafen können? Und vor allem — wie kommt man morgen früh aus dem Bett?

Siegfried landete mit einem geschraubten, doppelten Flederflipp auf der Dachterrasse und setzte Franziska behutsam ab. – Überschäumender Jubel brach aus. Franziska wurde umarmt, Siegfried die Hand geschüttelt und die Schulter geklopft.

Der Jubel hielt nur so lange an, bis Franziska sagte: „Papa, Siegfried will dich um meine Hand bitten. Wir haben uns zwischen dem siebenundzwanzigsten und dem neunundfünfzigsten Stockwerk verlobt. Beim Rückflug natürlich."

Betretenes Schweigen machte sich breit. Siegfried hauchte „ja" und wurde rot. Seine Eltern wurden blässer – eine starke Leistung bei *dem* Teint. Wilhelm Blünzli räusperte sich verlegen. Nur Urbaronin Zsa Zsa flötete erfreut: „Habe ich richtig gehört? Eine Verlobung? Aber warum fagt mir denn keiner waf? Dafür bin ich natürlich nicht richtig ..." Und schon entschwand sie, die Freitreppe hinuntertänzelnd.

Hektisches Beratungsfieber brach aus.

Wilhelm Blünzli beriet sich mit Mademoiselle Chicbinié. Er war dagegen. Er meinte, dass Mischehen nicht gerade das Gelbe vom Ei seien und überhaupt mit einem Vampir und außerdem sei Franziska noch viel zu jung dazu und so. – Die Gouvernante stellte sich auf Franziskas Seite. Sie sprach von l'amour und dass man der Liebe keine Bande auferlegen dürfe. Wilhelm Blünzli war nicht im Geringsten beeindruckt. – Dann sagte sie, dass es eine einmalige Gelegenheit wäre, durch Einheirat in die Aristokratie sich und seine Familie zu adeln. Großbaron Wilhelm von Blünzli klänge doch recht chic, n'est-ce pas? Der gutbürgerliche Fleisch- und Wurstwarenfabrikant war beeindruckt. – Und dann sagte sie noch so nebenbei etwas von ungeheuren Erweiterungsmöglichkeiten des Absatzgebietes für Blutwürste, die man durch den Zugang zu Vampirkreisen gewänne. Das gab den Ausschlag.

Vladimir beriet sich mit seiner Gemahlin Valeska. Er war strikt dagegen. Er war der Meinung, dass Mischehen nicht gerade das Rote vom Blut seien und überhaupt mit einem Menschen und außerdem sei Siegfried noch viel zu unerfahren dazu und so. – Valeska stellte sich auf Siegfrieds Seite. Sie sprach von junger Liebe, was den Baron nicht im Geringsten beeindruckte. – Dann sprach sie von den finanziellen Möglichkeiten, über die ein Fabriksbesitzer verfügen müsse, und dass nur ein kleiner Teil von Franziskas Mitgift ausreichen würde Schloss Zahnfleisch zu restaurieren. Der Baron war beeindruckt. „Stier wie ein Vampir" – was soviel wie permanente Pleite bedeutet – ist ein altes, transsylvanisches Sprichwort und traf haargenau auf die Zahnfleischs zu. – Schließlich erwähnte Valeska noch beiläufig, dass durch Kontakte zur Fleisch- und Wurstwarenindustrie ungeahnte Möglichkeiten zum Zugang auf köstlich-blutige Delikatessen bestünden. Das gab den Ausschlag.

Nun berieten sich Blünzli und die Gouvernante mit dem Baron und der Baronin. – Man kam überein, dass erst Verlobung gefeiert werden müsse. Mit der Hochzeit wollte man einstweilen noch warten, bis Franziskas Studium der Volkswirtschaft, Schwerpunkt Fleisch- und Wurstwaren, abgeschlossen war und Siegfried sein Praktikum als Aufsichtsratvorsitzender einer Blutbank beendet hatte. Dann würde man weitersehen.

Hoch-Rufe brachen aus. Der Baron rief: „Wo bleibt denn nur Hansi, er müsste doch schon längst mit dem ..."

Er wurde von Zsa Zsas hellem Trällern unterbrochen: „Ihr habt doch hoffentlich nicht ohne mich angefangen?"

Sie kam die Treppe hoch und schwebte in einer Wolke aus rosa Tüll. Weiße Straußenfedern wippten von ihrem koketten Hütchen aus gehäkeltem Spinnengarn und die halbseidenen Netzstrümpfe vervollständigten ihren klassischen Jacky-O.-Stil.

Nur mäßiger Beifall brach aus.

Nebenan im Sarggewölbe krachte es. Dann wurde das Mauerloch, durch das vorhin Zahn van der Hals gestapft war, durch Hansis Kopf und Schultern um einiges erweitert. – Hansi hatte einen großen Türflügel als Tablett benutzt. Und Hansi hatte nichts vergessen: Die Flaschen mit dem roten Champagner steckten im Eis der Sektkübel. Die Gläser waren poliert. Servietten lagen bereit. Und obendrein hatte Hansi eine ganze Reihe appetitlicher Häppchen vorbereitet.

Maßloses Staunen brach aus. Wie hatte Hansi das geschafft?

Verlegen grinsend gab er zu: „Ich hab einen Schummel verwendet."

Er griff in die Hosentasche, zog vorsichtig Zwerg Zahn hervor und präsentierte ihn auf seinem Handteller.

„Ich habe meinem Freund ein bisschen eingesagt", kicherte der Zwerg. Er war unendlich glücklich jemanden seinen Freund nennen zu dürfen. Es war das erste Mal in seinem Leben.

Mimi, die Haus- und Hoffledermaus, schmiegte sich an Zwerg Zahns Hals. „Sie hat mir das Leben gerettet", sagte der Zwerg und streichelte die Fledermaus. „Vor vielen Jahren habe ich nämlich ..."

Er unterbrach sich, griff nun seinerseits in die Hosentasche, zog ein Gebiss hervor und hielt es Zsa Zsa unter die Nase.

„Hab ich im Stiegenhaus gefunden“, sagte er stolz. Das Gebiss klapperte freudig mit den Zähnen.

„Beiferchen!“, jubelte Zsa Zsa und schob die Zähne in den Mund. „Ich habe mein Beißerchen ja so vermisst. – Besten Dank!“ Sie gab Zwerg Zahn einen schmatzenden Kuss auf die Wange.

„Was war das?“, fragte der Zwerg seinen großen Freund.

„Äh, ... ein Kuss, ... glaub ich.“

„Hab noch nie davon gehört, fühlt sich aber angenehm an.“

Dann knallte der erste Champagner-Korken. Festliche Stimmung brach aus.

Abseits von Jubel, Trubel, Speis und Trank saß nachdenklich Doktor Gummsky Zelleskovitch. Er war gänzlich verwirrt. Die ganze Nacht schon hatte er geglaubt Vampire gesehen zu haben und begann nun wahrhaftig selbst an Vampire zu glauben. – Das erste, schreckliche Anzeichen von Vampirbesessenheit. Panik stieg in ihm hoch. Er musste etwas unternehmen.

Zunächst gab er sich eine Beruhigungsspritze. Dann füllte er unter seinem Namen ein Antragsformular zur Anmeldung in seine Irrenanstalt aus. In dreifacher Ausfertigung. Dann schrieb er das Anmeldeformular. Ebenfalls dreifach. Dann das Einweisungsformular. Dreifach natürlich. Dann klebte er Stempelmarken. Dann stempelte er. Dann fühlte er sich besser.

Der Gedanke, vom berühmten Direktor, Doktor Gummsky Zelleskovitch, Exvampirkopfgeldjägerwiedereinfänger, betreut zu werden, gab ihm Sicherheit und machte ihn wieder froh. Er mischte sich unter den gesellschaftlichen Rummel, um noch einige Häppchen und etwas Champagner zu erhaschen.

Baronin Valeska nahm etwas vom Blutegelgelee auf ihren Teller und sagte zu Tim: „Mein liebster Neffe, du hast noch eine Menge dazuzulernen. In unseren Kreisen wird es als unhöflich erachtet, beim Essen so zu schmatzen.“

Tim kaute an einem Kuhauge, das mit einem Zahnstocher an einem Stück roher Leber befestigt war.

„Außerdem“, fuhr die Baronin fort, „musst du dir angewöhnen die Eckzähne *unter* der Lippe zu tragen. Es gehört sich nicht, wie ein kleiner Säbelzahntiger herumzulaufen.“

Tim blickte verzweifelt. Der Zahnstocher war ihm im Gaumen stecken geblieben. Er riss den Mund weit auf und holte den Zahnstocher mit den Fingern heraus.

„Aber, aber“, schalt ihn seine Tante, „Zahnstocher dürfen nur hinter dezent vorgehaltener Hand benutzt werden.“

Tim seufzte. Ein wohlerzogener Vampir mit guten Manieren zu werden würde ihm nicht leicht fallen.

„He, Bosschen“, kreischte Zwerg Zahn von oben herab, „schon den Rotwanzen-Aufstrich versucht? Einfach köstlich. Krabbelt so prickelnd auf der Zunge.“

Jedes Mal, wenn Tim den Zwerg sah, juckte es ihn in den Fingern. Der Beißer in ihm bäumte sich auf, drängte heraus und wollte sich auf den Zwerg stürzen. Doch er hielt sich auch diesmal zurück, denn Zwerg Zahn steckte in Hansis oberer Rocktasche.

Tim nahm sich vom Zeckensalat mit gestockten Blutklümpelchen und seufzte. Es würde hart werden, sich zu einem wohlerzogenen Vampir mit eiserner Selbstbeherrschung zu wandeln.

Tim biss eben vom Blutkuchen mit Schneckenglasur ab, als sich von der Treppe her ein zartes Stimmchen meldete.

„Beißerchen?“

Das Gebiss in Zsa Zsas Mund zuckte.

„Ihr seid nicht gemeint“, sagte die Urbaronin zu ihren Zähnen.

Alles blickte auf die Erscheinung auf der Treppe und dann auf Tim.

„Hast du ganz auf mich vergessen, Beißerchen? Ich bin’s, deine Vampana!“

Tim schluckte das abgebissene Stück, dann schluckte er nochmals. Dann sagte er heiser: „Darf ich vorstellen: Vampana, meine ... äh ... Freundin.“

Schluchzend vor Freude warf sich Vampana Tim an den Hals. Sie war überglücklich. Noch nie hatte er sie „Freundin“ genannt. „Blöde Flatterziege“ oder „verlauste Fledermaus“ waren noch die freundlichsten Bezeichnungen gewesen. Und jetzt gleich „Freundin“!

O Beißerchen!

Tim seufzte. Ein wohlerzogener Vampir zu werden, der noch dazu charmant zu den Damen war, würde am allerschwersten sein.

Mademoiselle Chicbinié fiel ein Stein vom Herzen, als sie sah, dass sich Vampana, etwas plump und unbeholfen zwar, mit den Damen und Herren der Gesellschaft bekannt machte. Das wären vierundzwanzig „Darf ich vorstellen ...“ gewesen. Zsa Zsas Gebiss nicht mitgerechnet.

Die Morgendämmerung war schon weit fortgeschritten und die Sonne würde bald aufgehen. Wilhelm Blünzli blickte mit müden Augen auf seine Uhr. Tim und Tom gähnten, ohne die Hand vor den Mund zu halten. Zsa Zsa war eingenickt. Ihr Gebiss hatte es sich in Frauchens Schoß bequem gemacht.

Baronin Valeska gähnte hinter vorgehaltener Hand. Vampana kuschelte sich schläfrig an Tim. Doktor Gummsky Zelleskovitch waren die Füße eingeschlafen. Zwerg Zahns Schnarchen tönte aus Hansis Rocktasche. Hansi – bei ihm wusste man nie, ob er schlief oder wachte. Manchmal schlief er mit offenen Augen, dann wieder wachte er mit geschlossenen Lidern. Die Gouvernante begann mit dem Frühsport. Baron Vladimir unterdrückte ein Gähnen.

„Zeit, ins Särglein zu hüpfen", sagte er.

„Wie, bitte?", fragte die Gouvernante.

„Ich weiß, wir sind da ein bisschen altmodisch. Wir schlafen noch in Särgen. Aber ich hab's gern eng."

„Und außerdem", sagte Valeska, „ersparen wir uns dadurch die lästige Arbeit des täglichen Bettenmachens. – Aber keine Sorge, in den Gästezimmern haben die Särge Größe X-large und sind gut gepolstert." Dies sagte sie zur Beruhigung von Wilhelm Blünzli, der besorgt auf seinen Bauch blickte.

Man wünschte einander noch eine gute Tagruhe und ging dann zu Sarg.

Franziska und Siegfried wollten noch ein Weilchen auf der Terrasse bleiben, um gemeinsam den Sonnenaufgang zu genießen. So sagten sie jedenfalls.

Kurz vor Sonnenaufgang war die Stimmung in der Gaststube des Dorfwirtshauses gedrückt. Man saß da und leckte sich seine Wunden.

Der Lehrer saß nicht, denn sein Hinterteil, das ihm die Pfarrersköchin versohlt hatte, erlaubte ihm dies nicht. Auch konnte er sich seine schmerzende Stelle nicht lecken. Müde lehnte er an der Theke und trauerte seinem Tafelzirkel nach.

Der Totengräber hatte eine Nase wie eine Tomate. Er schwor sich, es demjenigen, der ihm das angetan hatte, mit gleicher Münze zurückzuzahlen. Zum Lehrer sagte er: „Übrigens, deine Ansicht, dass die Vampire das Herz dort haben, wo wir die

Leber haben, stimmt nicht. Ich hab einem Vampir auf die Leber gezielt, aber der hat gesagt, lass das, ich bin schon am Blinddarm operiert."

„Schon möglich", sagte der Lehrer gähnend, „dass sie den Blinddarm dort haben, wo wir die Leber haben; dann müsste die Leber dort sein, wo bei uns das Herz ist, und das Herz dort, wo bei uns der Blinddarm ist. Ist mir aber vollständig egal."

„Mir auch", stimmte der Totengräber zu. „Bei einem solchen Blödsinn mach ich ohnehin nicht mehr mit." Er schielte böse zur Pfarrersköchin und betupfte seine Nase mit einem doppelt gebrannten Zwetschkenschnaps.

Die Pfarrersköchin saß wie ein Häufchen Elend da. Außer einem Loch in der großen Zehe (vom Tafelzirkel des Lehrers) hatte sie keine schwerwiegenden Verletzungen davongetragen. Sie litt vielmehr seelisch: Die Schmach eine Schlacht verloren zu haben und die Gelegenheit verabsäumt zu haben das Böse endgültig zu besiegen, lasteten wie ein Zentnergewicht auf ihrem Gemüt. Am meisten jedoch schmerzte sie der Verlust der Bratpfanne.

Mit einem jähen Ruck wurde die Tür zur Gaststube aufgerissen. Breitbeinig wie ein Racheengel stand der Gendarm im Türrahmen. Er war zwar in Unterhosen und am Uniformrock fehlte der Kragen und außerdem war er mit grünen Algen behangen, dennoch sprach er mit amtlicher Autorität:

„Gegen euch alle liegt eine Anzeige vor: Aufwiegelung und Verhetzung. Unerlaubte Zusammenrottung. Versuchte Anstiftung zu Brandschatzung und Selbstjustiz. Nötigung und Verschleppung einer Amtsperson. Amtsbeleidigung. Widerstand gegen die Staatsgewalt. Und was am schwersten wiegt: Missachtung der amtlichen Uniform eines in Staatsdiensten stehenden, vereidigten Gesetzeshüters Transsylvaniens."

Der Gesetzeshüter holte tief Luft und schmetterte in den Raum: „Ihr seid alle verhaftet!"

Langes gutes Zureden sowie ein Gratisgulasch mit einem großen Bier waren nötig, um die Amtsperson zu beruhigen und dazu zu bewegen, ihre Anzeige zurückzuziehen. Außerdem

wurde dem Gendarmen versprochen eine Sammlung abzuhalten, aus deren Erlös ihm eine neue Uniform gekauft werden sollte. Eine noch viel schönere. Eine mit vergoldeten Knöpfen und einem extrastarken Kragen.

Aber erst beim zweiten großen Freibier lächelte das Auge des Gesetzes wieder und meinte, es wolle ausnahmsweise sich selbst zudrücken.

Der Wirt rieb sich die Hände. Zwar hatte er beim Kampf die Nasenspitze verloren, aber was war das schon im Vergleich zu dem einen großen Vorteil: Die nächste Wirthausrauferei war nach diesem blutigen Abenteuer erst in frühestens drei Jahren zu erwarten. Wenn überhaupt. – Der einzige Wermutstropfen war, dass er einen seiner besten Kunden verloren hatte.

Willi der Säufer saß da und hatte ein Glas Milch vor sich. – In Willi war eine Wandlung vor sich gegangen. All das Grauenvolle, das in dieser Nacht um ihn herum geschehen war, hatte Willi nicht für wahr gehalten, sondern für Horrorvisionen seines schnapsgetränkten Gehirns. Das letzte Stadium, Delirium tremens, Säuferwahnsinn. Andere mögen weiße Mäuse sehen, er hatte blutige Vampire gesehen. – Schluss damit, keinen Tropfen mehr! Außerdem, so fand er, war Milch gut gegen seinen Schluckauf.

Kurz vor Sonnenaufgang war die Stimmung in Beißers Böser Bande gedrückt. Es waren nur mehr zwei Mitglieder übrig. Der Rest war in alle Winde verweht.

Wanja der Werwolf und der Irokese saßen unter einer tropfenden Blutbuche und leckten ihre Wunden. Wanja hatte die Hälfte seines Schwanzes eingebüßt und dem Irokesen fehlte ein Ohr. (Vampana, dieses Luder!) Von seiner üppigen, grünen Frisur waren nur mehr ein paar kümmerliche Haarbüschel übrig. Sein Schädel sah aus wie eine Wiese, über die ein Blumen pflückender Kindergarten gewandert war.

„Vervampt noch mal, mir reicht's!“, sagte der Irokese.

Nach langem Schweigen kam es schließlich von Wanja: „Vervampt und zugebissen, noch mal! Ich hab auch die Schnauze voll."

Tiefes Schweigen. Dann der Irokese: „Vervampt und zugebissen und ausgesaugt, noch mal! Hätt ich mir nicht vom Beißer gedacht, dass er uns so im Stich lässt."

Pause. Dann Wanja: „Auf diese Halbblutvampire ist eben kein Verlass!"

Nach einiger Zeit der Irokese: „Man soll sich eben nicht mit halben Sachen abgeben. Sagt meine Mama auch immer."

Nachdenkliches Schweigen. Dann wieder der Irokese, etwas verschämt: „Ich geh heim. Zu meiner Mama. Da nehm ich ein heißes Blutbad und zieh mir ein paar saftige Fledermausschnitzel rein. Die macht niemand besser als meine Mama."

Sprach's, sagte tschau! und verschwand in der Morgendämmerung.

Wanja seufzte und legte die Schnauze auf die Vorderpfoten. Er fühlte sich sehr allein. Er war es auch. – Eine Mama mit saftigen Fledermausschnitzeln hatte er nicht. Seine Familie war Beißers Böse Bande gewesen. Und die gab's nicht mehr ...

Ach, es war eine schaurig-schöne Zeit gewesen! Diese wilden Menschenjagden unter dem silbernen Vollmond. Das Donnergrollen und die Blitzkaskaden in schwülen Sommernächten. Die klirrende Kälte und die beißenden Schneestürme im Winter. Ständig die wohlig prickelnde Gefahr im Nacken. Ständig unterwegs, weiterhetzen, weiterjagen. Weiter, weiter! Das Peitschengeknalle und die scharfen Kommandos des Bosses. Hufegeklapper, Flappen von Fledermausflügeln, Flüche, Vampirgepfauche und die gellenden Hilfeschreie erschrockener Zweibeiner. Saugendes Schmatzen und wüstes Grölen bei nächtlichen Orgien. Ach, welche Bluträusche hatten sie sich oft angesoffen! – Vorbei, vorbei ...

Plötzlich musste Wanja an Walpurga denken. Walpurga, die Werwölfin mit den sanften, gelben Augen und dem prachtvollen, weißen Gebiss. Walpurga!

Wanja erhob sich und nahm Witterung auf. Dann zottelte er davon. Leise pfiff er vor sich hin: „O Walpurga, don't you cry for me ..." Ziemlich falsch übrigens.

Blutrot ging die Sonne auf. Der Kutscher erwachte mit einem frischen „Hü hott!" und blieb wach. Etwas verwundert nahm er sich vom Kleiderhaken, rieb sich den Schlaf aus den Augen, gähnte und streckte seine Glieder. Dann rief er in den großen Empfangssaal: „Hallo!"

„... allo!... llo!... lo!... o!... !...", kam das Echo nach zwanzig Minuten zurück.

Er zuckte mit den Schultern und murmelte etwas von vornehmen Leuten und Langschläfern. Dann trat er hinaus in den Burghof und setzte sich an ein sonniges Plätzchen.

Der Kutscher hatte nicht gut geschlafen diese Nacht. Zu viele wirre Träume. Träume von Blitz und Donner, von Fledermäusen und von Wesen mit langen, spitzen Zähnen und blutigen Augen. Zugespitzte Pfähle, große Fledermausflügel, hüpfende

Gebisse, einzähnige Zwerge und humpelnde Riesen waren durch seine Träume geschwirrt. Wutentbrannte Bauern und Horden grässlicher Biester waren aneinander geraten. Sargdeckel waren aufgesprungen und ein klappriges Gestell hatte einen Turm erklettert. – Einen derartigen Blödsinn hatte er in seinem ganzen schlafreichen Leben noch nicht zusammengeträumt.

Die Sonne schien warm. Es war herrlich ruhig. Der Kutscher entschied sich noch ein kleines Nickerchen zu machen, bis die Reisegesellschaft fertig zum Aufbruch war.

So hörte er nicht, dass irgendwo in den unendlichen Weiten, Tiefen und Höhen von Schloss Zahnfleisch leise eine Orgel zu spielen begann ...